3 4028 08875 6052
HARRIS COUNTY PUBLIC LIBRARY

Sp Orwig
Orwig, Sara,
Secretos y escándalos /
$4.99   ocn960694

W9-CHV-094

Secretos y escándalos

Sara Orwig

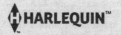

HARLEQUIN™

Editado por Harlequin Ibérica.
Una división de HarperCollins Ibérica, S.A.
Núñez de Balboa, 56
28001 Madrid

© 2015 Sara Orwig
© 2016 Harlequin Ibérica, una división de HarperCollins Ibérica, S.A.
Secretos y escándalos, n.º 2089 - 8.6.16
Título original: The Rancher's Secret Son
Publicada originalmente por Harlequin Enterprises, Ltd.

Todos los derechos están reservados incluidos los de reproducción, total
o parcial. Esta edición ha sido publicada con autorización de Harlequin
Books S.A.
Esta es una obra de ficción. Nombres, caracteres, lugares, y situaciones
son producto de la imaginación del autor o son utilizados ficticiamente,
y cualquier parecido con personas, vivas o muertas, establecimientos
de negocios (comerciales), hechos o situaciones son pura coincidencia.
® Harlequin, Harlequin Deseo y logotipo Harlequin son marcas
registradas propiedad de Harlequin Enterprises Limited.
® y ™ son marcas registradas por Harlequin Enterprises Limited y sus
filiales, utilizadas con licencia. Las marcas que lleven ® están
registradas en la Oficina Española de Patentes y Marcas y en otros
países.
Imagen de cubierta utilizada con permiso de Harlequin Enterprises
Limited. Todos los derechos están reservados.

I.S.B.N.: 978-84-687-7629-3
Depósito legal: M-8910-2016
Impresión en CPI (Barcelona)
Fecha impresion para Argentina: 5.12.16
Distribuidor exclusivo para España: LOGISTA
Distribuidores para México: CODIPLYRSA y Despacho Flores
Distribuidores para Argentina: Interior, DGP, S.A. Alvarado 2118.
Cap. Fed./Buenos Aires y Gran Buenos Aires, VACCARO HNOS.

Capítulo Uno

Nick Milan miró el contrato que estaba sobre la mesa y se estremeció. Ya lo había visto la noche anterior, y había sentido lo mismo al reconocer el nombre de la tarjeta blanca que lo acompañaba.

–Claire Prentiss…

Una belleza de ojos marrones y cabello negro se conjuró al instante en su imaginación. Una belleza de la que había estado enamorado, y cuyo recuerdo lo torturaba.

Habían pasado cuatro años desde que Nick le pidió se que casara con él. Claire rechazó su ofrecimiento y, poco después, rompieron la relación y se fueron por caminos separados. Sin embargo, ya no estaba enfadado con ella. El tiempo lo curaba todo, y también había curado su dolor y su amargura.

A decir verdad, estaba seguro de que se habría casado y de que tendría hijos. En su país no era normal que las mujeres siguieran utilizando su apellido después de casadas, pero supuso que Claire lo había mantenido porque trabajaba para la agencia inmobiliaria de su abuelo, que también se apellidaba Prentiss.

Nick alcanzó la tarjeta, la miró durante unos momentos y, a continuación, la volvió a dejar en su sitio. Definitivamente, ya no sentía nada por ella. Su relación amorosa era agua pasada. Pero, en ese caso, ¿por qué le incomodaba tanto la perspectiva de verla?

Guardó el contrato en el maletín y salió del despacho. Paul Smith, uno de sus clientes, le había llamado por teléfono para rogarle que estuviera presente en el acuerdo de venta de la casa. Nick era su abogado, así que aceptó sin saber que Claire era la agente inmobiliaria. ¿Cómo lo iba a saber? Por lo que tenía entendido, su antigua novia trabajaba en Houston. Y Dallas estaba muy lejos.

Desgraciadamente, Nick no había visto el contrato hasta última hora de la noche, cuando ya era tarde para echarse atrás. De lo contrario, habría hablado con Paul y le habría dado alguna excusa.

Se subió al coche y, al cabo de unos minutos, aparcó delante de un alto edificio de oficinas que se encontraba en el centro de Dallas. Era un frío día de diciembre, y estaba bastante cansado; en parte porque los recuerdos de Claire le habían mantenido en vela durante casi toda la noche anterior.

Al ver a Paul, que lo esperaba en el vestíbulo, se tuvo que morder la lengua para no decirle que se buscara otro abogado. Habría dado cualquier cosa por marcharse de allí. Pero le estrechó la mano, lo acompañó al ascensor y subieron al piso veintisiete, donde estaba la delegación de la agencia inmobiliaria.

Bruce Jernigan, el representante de Paul, se acercó a saludarlos en cuanto cruzaron las grandes puertas de cristal.

–Si tienen la amabilidad de acompañarme, empezaremos de inmediato. Como saben, la persona que vende la propiedad está hospitalizada y no puede venir, pero la señorita Prentiss la representa a efectos legales.

Jernigan los llevó a la sala de juntas, que estaba al final de un largo pasillo. Claire ya había llegado y, cuando vio a Nick, se quedó blanca como la nieve. Era obvio que se había llevado una sorpresa; y, aunque él no podía decir lo mismo, se sintió como si le hubieran sacado todo el aire de los pulmones.

Sin embargo, sacó fuerzas de flaqueza, se acercó a ella y le estrechó la mano sin apartar la vista de sus ojos. Siempre había sido muy bella; pero ya no era una jovencita de veinticuatro años, y se había convertido en una mujer impresionante.

–Vaya, volvemos a encontrarnos… –dijo Claire, con un fondo de inseguridad–. Me alegro de verte, Nick. El señor Jernigan me había dicho que el comprador vendría con su abogado, pero no sabía que fueras tú.

Claire apartó la mano, poniendo fin a su breve contacto físico. Y Nick se alegró profundamente, porque había sentido una especie de descarga eléctrica que estaba lejos de querer sentir. Llevaba dos años sin pensar en las mujeres. La muerte de Karen y del bebé que estaba esperando lo habían llevado a cerrar su corazón, e incluso a despreciar sus necesidades sexuales.

Pero, a pesar de ello, no se pudo resistir a la tentación de admirar el cuerpo de Claire. Seguía siendo la mujer alta, de ojos castaños y cabello negro, que había conocido; pero se había vuelto más refinada y, cuando se abrió la chaqueta para sentarse, Nick observó que aún tenía una preciosa cintura de avispa.

–Si les parece bien, procederemos a revisar el contrato –dijo Jernigan.

Durante la media hora siguiente, Nick hizo un esfuerzo por concentrarse en la transacción y no mirar demasiado a su antigua novia. En un determinado momento, Jernigan y Paul salieron de la habitación para hacer fotocopias; Nick los acompañó, hizo un par de llamadas y volvió a la sala de juntas, donde seguía Claire.

Justo entonces, ella tomó un vaso con intención de ponerse un poco de agua. Él se dio cuenta y, tras alcanzar la jarra, se la sirvió.

–Gracias –dijo Claire con una sonrisa.

–De nada –replicó–. Debo reconocer que me llevé una sorpresa cuando supe que estarías presente en la firma del contrato. Ni siquiera estaba seguro de que aún trabajaras para la agencia inmobiliaria de tu abuelo. ¿Sigue en activo?

Ella sacudió la cabeza.

–No, dejó el trabajo después de sufrir un infarto –explicó–. Siempre había querido que yo lo sustituyera, así que no tuve más remedio que dar mi brazo a torcer.

–Me alegra que sigas tan leal a tu familia… ¿Qué tal va el negocio?

Claire volvió a sonreír.

–Bien, bastante bien. Pero, ¿qué me dices de ti? Supongo que tus padres estarán encantados con tu carrera legal y política.

–Sí, lo están. Sobre todo, mi padre –contestó–. Supongo que sabrás que me eligieron diputado por Texas…

–¿Quién no lo está? –preguntó, ruborizándose un poco–. Sales de vez en cuando en los periódicos…

Su rubor solo podía tener una explicación: obviamente, le daba vergüenza admitir que seguía los detalles de su carrera política. Y Nick se sintió muy halagado.

–Tienes un aspecto magnífico, Claire.

–Gracias –dijo ella, sonriendo otra vez–. ¿Qué tal con tu nueva vida de diputado? Tengo entendido que las sesiones del Estado de Texas no empiezan hasta enero… ¿Qué vas a hacer? ¿Vivir en Dallas cuando no estés en Austin?

–En efecto.

Nick fue dolorosamente consciente de que, cuando terminara la reunión, se irían por caminos separados. No quería sentirse mal, pero se sintió mal. Y, dejándose llevar por un impulso, añadió:

–Cena conmigo esta noche. Así nos pondremos al día.

Ella lo miró con sorpresa.

–¿Cenar contigo? Puede que a tu esposa le moleste…

Él se sintió como si le hubieran pegado un puñetazo en la boca del estómago.

–Ah, veo que no lo sabes…

–¿A qué te refieres?

Nick respiró hondo.

–A que enviudé. Mi esposa se mató hace dos años en un accidente de tráfico. Estaba embarazada.

Claire palideció de repente, y se quedó como si hubiera recibido la peor noticia de su vida. A Nick le pareció extraño que su reacción fuera tan intensa, pero le puso una mano en el brazo y preguntó:

–¿Te encuentras bien?

Ella se ruborizó levemente.

–Sí, sí… Lo siento. Es que… bueno, no importa, es algo personal.

Nick sintió el deseo de interesarse al respecto; pero Claire no parecía dispuesta a dar explicaciones, de modo que lo dejó pasar.

–Ven a cenar conmigo –insistió–. Te prometo que no te robaré mucho tiempo.

Ella lo miró durante unos segundos y asintió.

–De acuerdo. Te daré mi número de teléfono cuando terminemos aquí. Pero será mejor que volvamos a la mesa… Jernigan y Smith están a punto de volver.

Claire se sentó de nuevo, y Nick se preguntó qué le habría pasado para reaccionar así a la noticia del fallecimiento de Karen y del bebé. ¿Se había enamorado de alguien que también había muerto?

La reunión terminó una hora más tarde y, mientras los demás hablaban, Nick se levantó y se acercó a ella.

–Aquí tienes el número de mi móvil y el nombre del hotel donde me alojo.

Claire le dio un papel, que Nick se guardó.

–¿Te parece bien que quedemos a las siete?

–Por supuesto –dijo ella–. Mira, yo…

El teléfono de Nick se puso a sonar en ese momento, y no tuvo más remedio que contestar. Solo tardó dos minutos; pero, cuando cortó la comunicación, Claire ya se había ido.

Tras despedirse de Paul, regresó al despacho y estuvo hablando con clientes hasta las cinco de la tarde. Entonces, volvió a pensar en su antigua novia y se preguntó por qué le habría pedido que cenaran juntos. Al fin y al cabo, su ruptura había sido muy dolorosa. Era absurdo que se torturara a sí mismo con un recordatorio de aquellos días.

Su relación había estado condenada desde el principio. Él necesitaba una esposa que lo apoyara y que supeditara todo lo demás a sus ambiciones políticas; pero ella no tenía más prioridad que su familia. Y, por lo visto, eso no había cambiado. De hecho, ahora dirigía la empresa inmobiliaria de su abuelo.

Nick sacudió la cabeza y se dijo que tampoco tenía tanta importancia. Sería una cena breve. Comerían, charlarían un rato y se despedirían.

Entre ellos, no podía haber nada más.

Claire llamó a una floristería, encargó un ramo para su cliente y pidió que se lo enviaran al hospital. Después, le envió un mensaje para informarle de que habían cerrado el acuerdo de venta y regresó al hotel donde se alojaba.

Hasta entonces, no había tenido mucho tiempo de pensar en su encuentro con Nick. Pero ya no tenía nada que hacer, y la noticia del fallecimiento de su esposa y del bebé que estaba esperando volvió a su mente con la fuerza de un terremoto.

¿Por qué demonios había tenido que viajar a Dallas? ¿Y por qué había aceptado su invitación a cenar?

Claire se pasó una mano por el pelo y suspiró. Su ruptura había sido demasiado dolorosa. Nick nunca había entendido que ella tenía obligaciones familiares, y que no podía dejarlo todo para convertirse en una mujer devota y abnegada. Al final, no había tenido más remedio que abandonarlo. Y no quería que volviera otra vez a su vida. Sobre todo, porque ahora tenía problemas más graves que antes.

Pero había quedado a cenar con él.

Abrió el bolso, sacó la cartera y miró la fotografía de su hijo. Del hijo de Nick Milan. De un hijo del que Nick no sabía nada.

El pequeño había heredado los ojos azules y el pelo castaño de su padre. Cada vez que lo miraba, se acordaba del hombre que le había partido el corazón y de lo mal que lo había pasado cuando, poco después de separarse de él, supo que estaba embarazada. De haber podido, le habría informado de inmediato. Pero su ruptura había sido muy desagradable, y se habían dicho cosas terribles que no podía olvidar.

Cuando Nick le ofreció el matrimonio, ella intentó ser razonable y hacerle ver que no podía marcharse a Washington D.C. en ese momento. Tenía que cuidar de su madre enferma y ayudar a su abuelo con la agencia inmobiliaria. Sin embargo, Nick no lo entendió. Dijo que era una egoísta y que no le importaba nada salvo su familia.

A ella le pareció profundamente injusto. Su madre tenía alzhéimer, y su abuelo acababa de sufrir un infarto; así que contraatacó con el argumento de que su salud era mucho más importante que la necesidad de Nick de ganarse la aprobación de su padre.

Claire sabía lo que decía, y también sabía que le iba a doler. Era consciente de que Nick había estudiado Derecho no porque le gustara, sino porque los Milan eran una familia de abogados y él se sentía en la obligación de seguir sus pasos. Estaba tan sometido a ellos como ella a su madre y a sus abuelos.

Los días posteriores a su ruptura fueron un infierno para Claire. Lloró durante días y, al darse cuenta de que Nick no tenía intención de llamar, decidió expulsarlo de sus pensamientos. Luego, descubrió que estaba embarazada e intentó decírselo, pero no fue capaz. De haber sabido que estaba esperando un hijo, habría insistido en que se casaran. Él se quería dedicar a la política, y no podía ser padre sin estar casado. No en los Estados Unidos.

Al cabo de un tiempo, Claire se enteró por una amiga de que Nick se iba a casar. Y se enfadó tanto que tomó la decisión definitiva de no decirle nada. Si iba a fundar su propia familia, no necesitaba saber que ya tenía una. Su antiguo novio la había olvidado. Había seguido adelante, sin mirar atrás.

Pero el encuentro de aquella mañana lo había cambiado todo. Ahora sabía que la esposa y el hijo de Nick habían fallecido en un accidente. Y, por mucha amargura que hubiera entre ellos, Claire no tenía más opción que confesarle la verdad. Ya no podía mantenerlo en secreto. Había perdido un hijo, y no era justo que perdiera otro.

Angustiada, se acercó al teléfono, levantó el auricular y marcó el número de su casa. Necesitaba hablar con el niño.

—Hola, abuela… Soy Claire. ¿Me puedes pasar con Cody?

–Por supuesto.

La voz de su hijo la tranquilizó al instante. Hablaron de animales y de sus peces, los dos temas preferidos del pequeño. Luego, Claire le pidió que la pasara otra vez con su abuela y estuvo charlando un rato con ella. Le habría gustado decirle que se había encontrado con Nick y que tenía intención de aclarar las cosas con él, pero que no quería que se preocupara.

Cuando colgó el teléfono, rompió a llorar. Estaba a punto de condenarse a una situación muy problemática. Obviamente, Nick querría desempeñar un papel en la vida de su hijo. Y no iba a ser nada fácil.

Durante los minutos siguientes, se dedicó a pensar en su antigua relación. Se habían conocido en Washington D.C., poco después de que ella terminara sus estudios en la universidad. Su abuelo, que trabajaba en el negocio inmobiliario, la había enviado a la capital de los Estados Unidos para que hiciera un curso de ventas. Y, un buen día, una amiga de Dallas la invitó a asistir a una fiesta.

No había olvidado lo sucedido. Estaba charlando con su amiga, Jen West, cuando un hombre alto, de ojos azules y cabello castaño, le lanzó una mirada y alzó su copa a modo de brindis. A Claire le gustó tanto que sonrió y alzó su martini en respuesta.

–¿Sabes quién es ese hombre? –preguntó a Jen–. El de pelo castaño.

–Claro que lo sé. Es Nick Milan, un abogado de los mejores de la ciudad. Se rumorea que tiene ambiciones políticas en Texas. Los Milan son una familia importante, con mucho dinero.

–Pues viene hacia aquí…

–Sí, ya lo he visto. Y no creo que quiera hablar conmigo, así que te dejaré con él.

–No te vayas –le rogó–. No lo conozco de nada.

–Sospecho que eso está a punto de cambiar.

Su amiga se fue y, al cabo de unos segundos, Claire se encontró ante los ojos más azules que había visto en su vida.

–Creo que es hora de que dejemos la fiesta –dijo él–. ¿Quieres cenar conmigo?

–Pero si ni siquiera nos hemos presentado…

–Me llamo Nick Milan. Soy abogado, estoy soltero y vivo en Georgetown. Y tú eres…

–Claire Prentiss.

–Encantado de conocerte, Claire.

–Eres muy rápido, ¿sabes? Incluso para ser aboga-do –ironizó ella–. Además, ¿por qué crees que estoy libre? Puede que haya venido a la fiesta con mi novio. O con mi marido.

–No, no estás casada.

–¿Cómo lo sabes?

–Lo sé porque, mientras venía hacia aquí, he nota-do que no llevas alianza –afirmó Nick–. ¿Y bien? ¿Te apetece que cenemos juntos?

–Lo siento, pero nos acabamos de presentar. No salgo con gente que no conozco.

Él asintió.

–Una medida tan cauta como razonable… Sin embargo, las situaciones excepcionales exigen de respuestas excepcionales, y esta situación lo es. En primer lugar, te aseguro que estarás completamente a salvo conmigo; y, en segundo, no puedes negar que te he gustado tanto como tú a mí.

Claire sonrió.

–No te andas con rodeos…

Nick se encogió de hombros y dejó su copa.

–Sé lo que quiero cuando lo veo –declaró–. Pero, si necesitas más información, te diré que soy de Dallas, que mi padre es juez y que trabajo en Abrams, Wiesmand and Wooten, un bufete de Washington… La amiga con quien estabas charlando te puede dar referencias sobre mí. Jen y yo nos conocemos desde hace tiempo. Pero, pensándolo bien, será mejor que hables con nuestra anfitriona, Lydia.

Nick la tomó del brazo y, ni corto ni perezoso, la llevó hacia el sitio donde estaba la rubia y esbelta Lydia, que se giró hacia ellos y dijo, sonriendo:

–Ah, ya os habéis conocido…

–Sí, hace un momento –le informó Nick–. Necesito que le hables bien de mí, para que acepte mi invitación a cenar.

–Vaya, vaya… –dijo Lydia con humor–. Y dime, ¿qué ganaría yo a cambio de darte buenas referencias?

–No hace falta que se las des. En cierto modo, se las acabas de dar con tu actitud –intervino Claire, que miró a Nick–. Está bien, acepto tu invitación. Podrás decirme más cosas de ti durante la cena.

–Acabas de cometer un error. Ahora no dejará de hablar en toda la noche –se burló Lydia.

Claire soltó una carcajada, y Nick dijo:

–Nos tenemos que ir, Lydia. Ha sido una fiesta magnífica. Gracias por invitarme.

Nick acompañó a Claire al exterior del edificio y la llevó a un club privado donde les sirvieron un solomillo excelente. Sin embargo, ella no prestó demasiada atención a la comida. Estaba tan fascinada con aquel hombre increíblemente atractivo y carismático que se enamoró de él esa misma noche.

Más tarde, Nick la invitó a tomar una copa en su apartamento y Claire aceptó. Resultó ser un enorme y elegante piso que estaba en la planta treinta y tres de un rascacielos; pero no tuvo ocasión de admirar las vistas, porque se encontró inmediatamente entre sus brazos.

–Ha sido una velada perfecta –dijo él–. Cuando entré en esa sala y te vi, supe que te quería conocer y que me quería ir contigo.

Él inclinó la cabeza. Ella se puso de puntillas y le pasó los brazos alrededor del cuello.

Sus besos la excitaron más de lo que nunca habría podido imaginar. Se sentía muy atraída por él. Lo había deseado desde el primer momento, pero no esperaba que el deseo la consumiera de un modo tan absoluto.

Aquella noche hicieron el amor. Y él la convenció para que se quedará allí dos días enteros, todo el fin de semana.

El domingo, Nick la llevó al aeropuerto. Mientras esperaban, le dijo que volaría a Houston la semana siguiente, para tener ocasión de conocer a su familia. Claire se mostró de acuerdo y, durante varios meses, él voló a Houston para verla a ella o ella a Washington D.C. para verlo a él. Hasta que, en junio, le propuso matrimonio.

Fue una época maravillosa. Y, cuatro años después, Claire recordaba aquella noche de marzo como si hubiera sido la noche anterior.

Pero su propuesta de matrimonio había desencadenado una ruptura tan dolorosa que Claire no ardía precisamente en deseos de tenerlo otra vez en su vida. Nick Milan le había partido el corazón. Y el hecho de que tuvieran un hijo no cambiaba el hecho de que ahora estaban más alejados que nunca: él, completamente concentrado en su carrera política; y ella, cuidando de sus abuelos y dirigiendo la empresa familiar.

Miró su reflejo en la ventana y maldijo su suerte. No tenía más remedio que decirle la verdad. Nick merecía saber que tenía un hijo, Cody. Pero, ¿cómo reaccionaría al saberlo? ¿Comprendería que lo hubiera guardado en secreto durante tantos años? ¿Querría ser padre de un niño que había crecido sin él? Fuera como fuera, había aceptado su invitación a cenar; y era la ocasión perfecta para decírselo.

Entró en el cuarto de baño y, tras echar un vistazo a su indumentaria, decidió que no podía ir a la cena en esas condiciones. La chaqueta estaba arrugada, y no tenía nada más que ponerse. Pero se acordó de que había una boutique en el vestíbulo del hotel, así que bajó a toda prisa y compró unas cuantas cosas. Si le iba a hablar de Cody, quería estar tan elegante como fuera posible.

A las siete menos diez, se volvió a mirar en el espejo. Llevaba un vestido de color azul marino de manga larga y escote generoso, que combinó con un delicado brazalete y el collar de perlas que le había regalado su abuelo. No se podía negar que estaba atractiva, pero ¿se daría cuenta Nick? Solo había una forma de saberlo.

Alcanzó el bolso, salió de la habitación y cerró la puerta tras asegurarse de que llevaba el teléfono móvil con las fotos del niño. Luego, entró en el ascensor y pulsó el botón de la planta baja. Sabía que Nick se enfadaría al saber que tenía un hijo, pero esperaba que su interés por Cody fuera superior a su enojo. A fin de cuentas, era un hombre de familia.

Nick estaba en el vestíbulo cuando Claire salió del ascensor. Llevaba un traje gris oscuro y una corbata a juego. Siempre había sido un hombre enormemente atractivo, y eso no había cambiado.

Él caminó hacia ella, que se estremeció. Era consciente de que la cena terminaría en una discusión; pero era tan inevitable como necesario, así que agarró el bolso con más fuerza e intentó sonreír.

Había tomado una decisión, y no se podía echar atrás. Seguiría adelante en cualquier caso. Sin lágrimas, sin ira y, a ser posible, sin deseo.

Claire respiró hondo y lo miró a los ojos. Tenía que hacerlo. Por Cody.

Capítulo Dos

Nick la deseó con todas sus fuerzas cuando la vio salir del ascensor. La miró de arriba abajo, desde el amplio escote hasta las largas y preciosas piernas, pasando por las sinuosas curvas.

Claire siempre había sido tan esbelta como alta y, desde luego, sabía vestir.

–Hola, Claire. Estás impresionante…

–Gracias.

Ella asintió, miró un pasillo que salía del vestíbulo y dijo:

–El restaurante del hotel es muy bueno. Podemos cenar aquí. Sería más fácil.

Él sonrió.

–Llevarte a cenar no es una tarea especialmente difícil –bromeó–. Venga, sígueme… Conozco un sitio perfecto.

Nick la llevó hacia donde había dejado el coche.

–¿Qué tal está tu familia? –preguntó mientras caminaban.

–Mi madre falleció hace un año, y mi abuelo está con respiración asistida… Pero espero que le den el alta dentro de poco.

–Siento lo de tu madre –dijo él–. ¿Y cómo está tu abuela?

–Bien, aunque ya no es la misma. Los años no pasan en balde –contestó–. ¿Y tú? ¿Disfrutas de tu vida de político?

–Por supuesto. A veces es frustrante y decepcionante, pero la política me encanta. De hecho, estoy considerando la posibilidad de presentarme al Senado de los Estados Unidos dentro de cuatro años.

–Siempre he sabido que eras muy ambicioso, Nick… Y estoy segura de que serías un gran senador.

–Gracias.

Nick notó el aroma de su perfume. No lo pudo reconocer, pero le gustó mucho. A decir verdad, no había nada en Claire que no le gustara; pero le había hecho mucho daño, y no iba a permitir que se lo volviera a hacer. Cenaría con ella y, a continuación, la sacaría definitivamente de sus pensamientos.

Tras subir al coche, Nick arrancó. La iluminación navideña daba un toque festivo a la noche.

–¿Adónde vamos? –preguntó Claire.

–A un club privado del que soy socio. Suele ser muy tranquilo, pero en diciembre organizan fiestas navideñas –dijo él–. He pensado que podríamos bailar un poco, si es que todavía puedo… Últimamente, solo salgo con la familia o por asuntos de trabajo.

Ella lo miró con desconcierto.

–¿Te he sorprendido? –continuó Nick.

Claire asintió.

–Sí. Pensaba que, después de lo que te ha pasado, intentarías ahogar la tristeza con diversiones. Si es que ese tipo de tristeza se puede ahogar.

–Me temo que no.

19

Nick se puso muy serio. Pero no quería pensar en la desgracia que les había costado la vida a su esposa y al hijo que estaba esperando, así que cambió de conversación.

–¿Haces muchos negocios en Dallas?

–No. Lo de hoy ha sido un favor a un cliente. Como ya sabes, está en el hospital y no podía asistir.

–¿Ahora diriges la agencia inmobiliaria?

–Sí. Mi abuelo se está recuperando, pero es obvio que ya no tiene fuerzas para llevar la empresa –respondió Claire–. Por suerte, está contento. La agencia ha crecido mucho desde que me hice cargo.

–Pues eso es lo que importa.

A Nick no le sorprendió que tuviera éxito. Sabía que era una mujer muy hábil, y que sabía tratar a la gente.

Minutos más tarde, llegaron a un impresionante edificio de piedra que se alzaba en mitad de una propiedad llena de jardines. Nick dejó el coche a uno de los empleados y llevó a Claire al interior del club.

Se sentaron junto a unos balcones desde los que se veía el campo de golf y una zona con un estanque y dos fuentes. Al otro lado de la sala, un músico tocaba el piano. Pero ella no tuvo tiempo de admirar el sitio, porque el camarero se acercó entonces y les preguntó si querían algo de beber. Nick pidió una botella de vino blanco y, cuando ya se lo habían servido, alzó su copa y propuso un brindis.

–Por nuestro éxito de hoy. Ha sido un acuerdo fácil y beneficioso para las dos partes.

–Por nuestro éxito.

De repente, él se levantó y dijo:

–¿Qué te parece si bailamos un poco? Así sabré si he perdido la costumbre...

Claire se dejó llevar, aunque sin demasiado entusiasmo. Parecía preocupada, y Nick se preguntó por qué. ¿Estaría pensando en la salud su abuelo? ¿Se estaría acordando de su antigua relación? Ciertamente, ya no era la jovencita despreocupada que había conocido. Pero él tampoco era la misma persona.

Al llegar a la pista de baile, la tomó entre sus brazos y se empezaron a mover.

–Veo que no has perdido la práctica –dijo Nick.

–Ni tú –replicó ella–. Aunque tampoco me sorprende... Siendo político, tendrás que asistir a muchas celebraciones.

–Sí, a cenas formales y actos benéficos –ironizó–. Es trabajo, Claire. Nunca tengo tiempo para bailar con una mujer bonita.

Ella apartó la mirada con tanta rapidez que Nick no supo si se había ruborizado de verdad o solo se lo había imaginado. Pero, fuera como fuera, estaba encantado de sentir su cuerpo. Era una sensación tan agradable y familiar que se acordó de que aquella mujer podría haber sido su esposa.

Sin embargo, Claire había rechazado su oferta de matrimonio.

Todo había pasado muy deprisa. Cuando se separaron, Nick volvió a Washington D.C. y a Karen, una antigua novia de la universidad que estaba trabajando en el bufete de un amigo de su padre. Eran buenos amigos y tenían muchas cosas en común, de modo que casarse con ella le pareció una consecuencia natural de su relación. Y, aunque seguía enamorado de Claire, se esforzó por olvidarla.

Sin embargo, no la había olvidado. Había sido un buen esposo para Karen, a quien llegó a apreciar sinceramente; pero Claire siguió en sus pensamientos, y no le pareció extraño que, a pesar del tiempo transcurrido, la deseara tanto como el primer día.

Mientras bailaba con ella, siguiendo el ritmo de la música, se acordó de sus noches de amor y, durante un instante, estuvo a punto de dejarse llevar y de besarla. Pero su relación era más imposible que nunca. Claire se debía a su familia y a sus negocios; él, a su carrera política y a su vida en Dallas y Washington.

No la podía besar. No debía. Porque, si la besaba, abriría una puerta que no llevaba a ninguna parte.

Incómodo, preguntó lo primero que se le ocurrió:

–¿Estás saliendo con alguien?

Ella sacudió la cabeza.

–No, no salgo con nadie. No tengo tiempo. Estoy demasiado ocupada con el trabajo y con el cuidado de mi familia. A decir verdad, toda mi vida transcurre entre el despacho y mi casa… No dejo de repetirme que las cosas cambiarán cuando la situación se calme, pero está lejos de calmarse.

–Trabajas demasiado –dijo él–. ¿Es una empresa muy grande?

–Mucho. Tenemos tres delegaciones y alrededor de setenta vendedores, sin contar el resto de los empleados. Trabajamos con propiedades residenciales y comerciales.

Nick arqueó una ceja.

–Y dime, ¿cuántas delegaciones teníais cuando te hiciste cargo de la agencia? Te lo pregunto porque creo recordar que solo teníais una.

–Sí, solo una. Veo que tu memoria sigue tan bien como siempre –bromeó–. Sin embargo, el éxito no es solo mío. Tengo la suerte de trabajar con un gran equipo.

–La suerte es importante, pero no lo es todo. Felicidades, Claire. Estoy impresionado… Y más seguro que antes de que trabajas en exceso.

–Y que lo digas. Mañana tengo tanto trabajo que debo tomar un avión a las seis, lo cual implica que tendré que estar en el aeropuerto a las cuatro de la madrugada. Odio llegar con el tiempo justo para facturar.

–Si quieres, te puedo llevar yo.

Claire soltó una carcajada.

–He llamado a un servicio de alquiler de coches para que me envíen una limusina. Pero gracias de todas formas. Es todo un detalle.

–Si cambias de idea, la oferta sigue en pie.

Bailaron una pieza más, y fue toda una tortura para él. La deseaba más de lo que había deseado a nadie desde la muerte de Karen. Intentaba no pensar en sus noches de amor, y solo conseguía regodearse en ellas.

Cuando la canción llegó a su fin, se sintió inmensamente aliviado.

–¿Volvemos a la mesa? –preguntó, ansioso por apartarse de ella–. Necesito beber algo.

–Por supuesto.

Nick pidió un filete y Claire, un plato de salmón

a la plancha que apenas probó. Durante la cena, hablaron de cosas intrascendentes; y él volvió a notar que parecía preocupada, como si hubiera una especie de muro entre ellos. Pero no le dio importancia. A fin de cuentas, solo estarían juntos aquella noche.

Sin embargo, sentía curiosidad. Sobre todo, porque Claire lo miraba a veces de un modo tan extraño como intenso. Y, cada vez que él se daba cuenta, ella apartaba la mirada y se ruborizaba levemente.

¿Sería por él? ¿Sería posible que aún le deseara?

No tenía forma alguna de saberlo y, por otra parte, tampoco tenía sentido que se preguntara al respecto. Cuando terminaran de cenar, Claire volvería a salir de su vida.

—Bueno, ha sido una velada muy interesante —dijo ella tras los cafés—, pero tengo un vuelo a primera hora de la mañana…

—No te preocupes. Lo comprendo.

Nick pagó la cuenta y la acompañó al coche mientras se repetía a sí mismo que era mejor que se fuera. Pero, a pesar de ello, se sintió decepcionado. Habría dado cualquier cosa por saber a qué se debían sus miradas intensas.

Claire no le pidió que la acompañara a su habitación. Nick era un caballero, y sabía que la acompañaría de todas formas. Una vez allí, solo tendría que seguir la evolución natural de los acontecimientos e invitarlo a entrar.

Sin embargo, lo demás no iba a ser tan sencillo.

Al fin y al cabo, le debía informar de que tenía un hijo de tres años; algo que, definitivamente, no le podía decir en un sitio tan público como un restaurante. Por eso había esperado. Quería hablar con él a solas.

Tal como imaginaba, él se empeñó en acompañarla a la puerta de su habitación. Claire estaba cada vez más nerviosa. No sabía ni por dónde empezar. Pero había tomado una decisión y se lo iba a decir por muy difícil que resultara y por imprevisibles que fueran las consecuencias para la vida de Cody, del propio Nick y de ella misma.

—¿Te pasa algo, Claire?

La voz de Nick la sacó de sus pensamientos. Habían llegado a la puerta de la suite, y ella se había quedado helada, con la llave en la mano.

Claire suspiró y sacudió la cabeza.

—No, no… Es que estaba pensando en un problema que ha surgido.

—¿Lo ves? Trabajas demasiado.

Nick sonrió y le acarició la mejilla.

Ella clavó la vista en sus ojos inmensamente azules. Nick era una buena persona; un hombre inteligente, refinado, razonable a su manera y, desde luego, encantador. Merecía saber que tenía un hijo. Sobre todo, después de haber perdido a su esposa y a su bebé. Pero no quería que aquella revelación terminara en una de las amargas discusiones que habían tenido en el pasado, cuando ella lo acusaba de ser un egoísta y él, de no tener una vida propia.

—Nick, yo…

—¿Sí? —preguntó, frunciendo el ceño.

–Me he divertido mucho esta noche.

Él ladeó la cabeza y la miró con interés.

–Me alegro. A decir verdad, no estaba seguro de ello… Pero yo también me he divertido –afirmó–. ¿Qué te parece si nos damos un beso de despedida, por los viejos tiempos?

Nick le pasó un brazo alrededor de la cintura y la besó.

En cuanto sintió el contacto de sus labios, Claire se supo perdida. Se apretó contra él con todas sus fuerzas y lo arrastró a un beso apasionado que duró varios minutos y que borró de su mente cualquier atisbo de miedo o preocupación.

Sabía que estaba cometiendo un error, pero no lo podía evitar. Era como si hubieran retrocedido en el tiempo y volviera a ser la mujer que se había enamorado de Nick Milan. Era demasiado consciente de sus anchos hombros y de los duros músculos de su pecho. Y habían pasado tantos meses desde la última vez que había estado con un hombre que el deseo la dominó.

Cuando rompieron el contacto, se miraron con sorpresa. Era obvio que ninguno de los dos esperaba sentir lo que había sentido. Pero ella lo conocía bien, y supo que en los ojos azules de Nick había algo más. Se había dado cuenta de que estaba preocupada.

Nerviosa, Claire decidió que no se lo podía decir en ese momento. Tenía que pensarlo mejor; sopesarlo bien y consultar el asunto con el abogado de la familia.

–Gracias por la cena –dijo, haciendo un esfuerzo por sonreír–. Ha sido un placer.

Él frunció el ceño.

–Sí, también lo ha sido para mí, aunque… tengo la extraña sensación de que estabas a punto de decirme algo.

–No, qué va. Es que estoy cansada.

Claire metió la llave en la cerradura, pero temblaba tanto que no la pudo girar. Nick lo notó y la abrió por ella, arrancándole un escalofrío de placer cuando sus manos entraron en contacto.

–Si necesitas hablar con alguien, cuenta conmigo. Nos conocemos desde hace mucho tiempo –dijo él.

Ella se apresuró a entrar en la suite.

–Gracias, Nick, pero no es necesario. Buenas noches…

–Buenas noches.

Él la miró una vez más y se alejó. Claire empezó a cerrar la puerta, pero se sintió repentinamente culpable.

¿Sería capaz de volver a Houston sin haberle dicho la verdad?

Nick estaba a punto de entrar en el ascensor cuando ella volvió a salir al pasillo y preguntó, con urgencia:

–¿Puedes entrar un momento?

Él dio media vuelta y le lanzó una mirada que la atemorizó. Había olvidado que era un hombre formidable; un hombre rico, con poder y con muchos contactos en las altas esferas. ¿Qué haría cuando se enterara de que tenía un hijo?

–Claro que sí –contestó–. Si tienes algún problema, estaré encantado de ayudarte.

–Entra, por favor. Nos tomaremos una copa.

Claire lo acompañó al salón de la suite, que estaba

en el piso veinticuatro del hotel. Pero no prestó atención a las preciosas vistas de la ciudad. Se limitó a encender una lamparita y a añadir, muy seria:

–Es un asunto complicado. Aún no sé cómo decirlo… ¿Me puedes dar unos minutos? Entretanto, te serviré algo de beber. ¿Qué te apetece?

–Veamos si hay cerveza en el frigorífico.

Nick abrió el pequeño frigorífico, sacó la cerveza que quería y, al ver una botella de vino blanco, preguntó:

–¿Quieres una copa?

–Sí, gracias…

–Tómate tu tiempo. Piénsalo bien, y dime lo que sea cuando te sientas segura. No tengo ninguna prisa.

Ella asintió y lo miró mientras él servía el vino. No ardía en deseos de confesarle la verdad, pero sabía que se sentiría insoportablemente culpable si no ponía fin a aquella situación.

Solo esperaba que, entre las muchas virtudes de Nick Milan, se encontrara la vieja y sencilla capacidad de perdonar.

–Aquí tienes. Tu vino.

Nick le rozó la mano al darle la copa, y frunció el ceño.

–Estás helada… –dijo con preocupación–. ¿Qué te ocurre? ¿Es que estás enferma?

Ella sacudió la cabeza, incapaz de hablar.

–¿Puedo hacer algo por ti? –insistió.

–No, pero es importante que hable contigo.

Nick la miró con curiosidad y se sentó en una silla. Ella tomó un poco de vino y dejó la copa en la mesa.

–Si tienes frío, te puedo traer una manta...

–No es necesario.

–Como quieras.

–Nick, ¿te acuerdas de la noche en que me propusiste matrimonio? Tuvimos una pelea horrorosa, y no nos volvimos a ver. Al cabo de unos meses, supe que estabas saliendo con otra persona y que te ibas a casar... Estoy segura de que lo recuerdas.

–Claro que lo recuerdo. Lo nuestro no salió precisamente bien –Nick echó un trago de cerveza–. Poco después de que rompiéramos, me encontré con Karen, una antigua novia de la universidad... luego, una cosa llevó a la otra y, al final, le propuse matrimonio. Tú me habías rechazado, y era evidente que estarías dolida conmigo. Fue una época difícil. Supongo que lo fue para los dos.

Ella asintió.

–Sí, lo fue.

–Sea como sea, Karen aceptó mi ofrecimiento. Sé que todo pasó muy deprisa, y que debería haber hablado contigo... Pero pensé que no querrías saber nada de mí.

–Bueno, reconozco que me llevé una sorpresa cuando supe que te ibas a casar, pero era consciente de que lo nuestro no tenía futuro. Tú tenías tu política y yo, mis compromisos familiares. Hicimos lo mejor que podíamos hacer. Además, sabía que más tarde o más temprano encontrarías a alguien y fundarías tu propia familia.

–Sí, esa era mi intención.

Nick echó otro trago de cerveza y la miró a los

ojos. Obviamente, estaba esperando a que dijera algo. Sin embargo, Claire guardó silencio, así que dijo:

–¿Qué me quieres contar? ¿Tiene algo que ver conmigo?

Ella volvió a asentir.

–Sí, desde luego que sí. Pero, antes de decírtelo, quiero que recuerdes que habías empezado una nueva vida. Estabas concentrado en tu esposa y en tu carrera política. Tenías tu propio mundo, y yo no lo quise romper.

–¿Romper? ¿Qué significa eso?

Era evidente que Nick no entendía nada, de modo que Claire respiró hondo y declaró, con miedo a estar cometiendo el peor error de su vida:

–Nick, me quedé embarazada de ti.

Capítulo Tres

Nick se la quedó mirando con desconcierto, como si no la hubiera entendido bien.

–Pero han pasado cuatro años desde entonces… –acertó a decir.

Cuando volvió a mirar los ojos marrones de la mujer que había sido su novia, se dio cuenta de que Claire había tenido el niño. Estaba pálida, atemorizada, con los hombros hundidos. Se había quedado embarazada de él y había dado a luz sin decirle nada; sin informarle siquiera de que había sido padre.

Tenía un hijo. De unos tres años de edad.

Estaba tan sombrado que se levantó de la silla y caminó hasta la ventana, sin saber qué decir ni qué pensar.

–Maldita sea, Claire… –declaró tras unos segundos de silencio–. Tengo un hijo y no me lo habías dicho. ¿Cómo es posible? Maldita sea…

Nick sacudió la cabeza. Le había propuesto matrimonio y ella lo había rechazado. Después, él se había casado con Karen y había seguido adelante sin saber que su antigua relación había tenido consecuencias inesperadas. Y ahora descubría que tenía un hijo y que Claire lo había guardado en secreto.

Estaba terriblemente enfadado.

–No me lo pensabas decir, ¿verdad? Solo me lo has dicho porque nos hemos encontrado por casualidad.

Claire se levantó y lo miró a los ojos.

–Ha sido por lo de tu esposa, Nick. Cuando me has contado que ella y su bebé murieron en un accidente de tráfico, he comprendido que debías saberlo.

–Pero, ¿por qué no me lo dijiste antes?

–Porque, si hubiera aparecido de repente con un niño, habría destrozado tu carrera política. Aquí no toleran que un político tenga hijos fuera del matrimonio. Además, supuse que tu esposa y tú habríais fundado vuestra propia familia, y que no querrías saber nada del hijo que llevaba en mi vientre.

–¿Qué no querría saber nada de él? Pero, ¿qué estás diciendo? Soy padre, Claire… Es la noticia más maravillosa que me han dado en mucho tiempo –afirmó–. ¿Cómo pudiste pensar que lo rechazaría?

–La prensa se habría enterado, y habría sido el fin de tus ambiciones políticas –contestó–. Hasta podría haber sido el fin de tu matrimonio. Francamente, no creo que a tu esposa le hubiera gustado.

Nick quiso hablar, pero ella se le adelantó.

–¿Es que no lo entiendes? Me habías expulsado de tu vida. Y, pocos meses después de que nos separáramos, me enteré de que te ibas a casar con otra. Tendrías que habérmelo dicho, Nick. Merecía saberlo.

–Sí, eso es verdad –admitió.

–De todas formas, no te estoy recriminando nada. Solo intento explicar mis actos.

–Unos actos que no habrías explicado si no hubiéramos coincidido en esa reunión… –le recordó él.

–Es posible, pero ahora lo sabes.

–Oh, Claire…

–¿Qué querías que hiciera? ¿Que volviera a tu vida y le dijera a Karen que estaba esperando un hijo tuyo? Te casaste con Karen, Nick. Veía fotografías vuestras en los periódicos. Y parecíais muy felices.

Nick pensó que tenía parte de razón. Pero, en cualquier caso, ese asunto le importaba bastante menos que su hijo. Él era lo único importante.

–Me he perdido sus primeros años de vida. Me he perdido la mitad de su infancia… Y supongo que ni siquiera sabe que existo, ¿verdad?

–No, es muy pequeño para pensar en esas cosas.

–Maldita sea. ¿Cómo pudiste…?

–Ya te he dado mis razones –lo interrumpió–. Es tan sencillo como eso. Ese niño habría destrozado tu carrera, y es posible que aún te la destroce.

–Mi carrera política me importa muy poco en comparación.

–Puede que lo creas ahora, pero estoy segura de que no lo dices en serio. La política es el alma de tu vida. Siempre lo ha sido.

–Lo digo completamente en serio, Claire. Un hijo es mucho más importante que un trabajo. No permitiré que lo alejes de mí.

–Ni yo lo pretendo. Si quisiera alejarlo de ti, no te lo habría contado. Pero tu familia no va a estar contenta, y tu padre se va a llevar un buen disgusto.

Él apretó los puños, intentando refrenar su rabia.

–Todos estos años perdidos… Me has robado tres años de su vida, Claire. Y no los podré recuperar.

–Lo siento, Nick –dijo ella, emocionada.

–Llevo dos años en un infierno. Perdí a mi esposa y al hijo que estaba esperando. He estado sumido en un vacío que ese niño podría haber llenado, aunque solo fuera en parte. No puedo creer que me hayas hecho esto.

–Nick, si hubiera sabido lo que había pasado…

Nick guardó silencio.

–Me gustaría volver atrás para poder cambiar las cosas. Pero no puedo –continuó ella–. Tendremos que empezar desde aquí.

Él cerró los ojos y dijo, una vez más:

–Maldita sea, Claire.

Dolido, pensó en todas las cosas terribles que le habían pasado durante los años anteriores. Primero, Claire le había partido el corazón; después, Karen y el bebé habían fallecido y, por último, descubría que tenía un hijo y que se había perdido gran parte de su infancia.

Estaba tan enfadado que tuvo que contenerse para no decir alguna barbaridad. Además, no habría servido de nada. Su furia no habría cambiado nada.

–¿Quieres ver una foto suya? –preguntó ella al cabo de unos minutos.

Nick alzó la cabeza, y su enfado desapareció bajo el peso de un súbito entusiasmo.

–¿Tienes fotografías suyas? Sí, por supuesto que quiero…

Ella sacó el teléfono del bolso y se puso a buscar.

–Lo llamé Cody –dijo–. Cody Nicholas Prentiss.

–¿Nicholas? –dijo, encantado.

–Sí, se lo puse en tu honor. Pensé que te lo debía.

Claire le pasó el teléfono móvil y Nick empezó a pasar las fotos, con manos temblorosas. Cody se parecía sorprendentemente a él.

–No hay duda de que es hijo mío… Es como yo a su edad –dijo, emocionado–. Mi familia se va a llevar una gran alegría. Gracias por haberle puesto mi nombre.

–Es un chico encantador. Adora a la gente. Incluso de bebé, sonreía constantemente cuando alguien le hablaba.

–Eso es magnífico…

–Mi abuela cuida de él dos días a la semana, y el resto del tiempo se encarga la niñera, Irene. Me tomé la baja por maternidad cuando di a luz, así que estuve con él durante sus siete primeros meses. Y mi abuelo ha estado en casa hasta hace seis, de modo que siempre ha habido un hombre a su lado –le informó.

Nick no lo pudo evitar. Se sentía tan abrumado que los ojos se le llenaron de lágrimas.

–Tengo un hijo… Qué maravilla –declaró–. Y es muy guapo, ¿verdad?

–Sí que lo es.

–¿Estaba tu familia contigo cuando nació?

–Oh, sí. Mi madre seguía viva, y todos estaban locos por él. Se turnaban todas las noches para mecerlo y que se durmiera. Y mi abuelo le leía cuentos, aunque era demasiado pequeño para entender una sola palabra.

–¿Me puedes enviar sus fotografías a mi teléfono móvil?

–Por supuesto. Pero tengo más en la tablet. Iré a buscarlas y te las enviaré todas.

Ella salió de la habitación, y Nick se puso a pensar en cómo habría sido su vida si Claire no lo hubiera rechazado y él no se hubiera casado con Karen. Sin embargo, eso era agua pasada. Las cosas habían pasado de ese modo, y nadie las podía cambiar.

Volvió a mirar las fotos del teléfono y sintió una mezcla de tristeza y júbilo. Tristeza, porque no había estado con Cody durante los tres primeros años de su vida; júbilo, porque ahora que se sabía padre, estaba decidido a hacerlo feliz y a recuperar el tiempo perdido. Pero, sobre todo, le embargaba un sentimiento de asombro. Aún no lo podía creer.

–Cody Nicholas… –susurró.

Ella volvió al salón con la tablet y le indicó que se sentara en el sofá Y una vez más, mientras Claire se acercaba, la miró de arriba abajo y sintió un intenso deseo. Estaba impresionante, más hermosa que nunca. Por la mañana, se había comportado con la profesionalidad y la eficacia que tanto admiraba en ella; después, le había mostrado su cara más sexy y, ahora, descubría que aquella mujer le había dado un hijo.

Era definitivamente asombroso.

–Esto te va a gustar. Tengo fotos de cuando era un bebé… Pero será mejor que te sientes.

–¿En serio?

En lugar de sentarse, Nick le puso las manos en los hombros y la abrazó.

–¿Qué ocurre? –preguntó ella.

–Que eres la madre de mi hijo, Claire. Tenemos

algo en común, algo que nos unirá durante el resto de nuestras vidas. Y, aunque estoy ciertamente enfadado, me siento tan agradecido como feliz... Gracias –dijo, con un nudo en la garganta–. Muchísimas gracias.

Justo entonces, Nick notó lágrimas en el cuello y la miró con extrañeza.

–¿Por qué lloras?

–No me arrebates a Cody, por favor...

–¿Arrebatártelo?

–Sé que quieres formar parte de su vida. Y tus padres también querrán.

Nick la abrazó de nuevo, con más fuerza.

–Oh, Claire... Por supuesto que quiero formar parte de su vida. Y tendremos que encontrar alguna solución. Pero no tengo intención alguna de arrebatártelo –le aseguró–. Si te hiciera eso, haría daño a mi propio hijo.

Ella asintió y se apartó de Nick, secándose las lágrimas.

–Bueno, ¿me vas a enseñar esas fotografías?

–Sí, claro.

Los dos se sentaron en el sofá, y Claire le empezó a enseñar las fotos.

–Mira, esta es de cuando estaba en el hospital. Acababa de nacer...

–Envíamela. Envíamelas todas –dijo–. Oh, maldita sea, ¿por qué no me lo dijiste?

–Ya te lo he dicho. Pero permíteme que te haga una pregunta... ¿te habrías puesto tan contento si te lo hubiera dicho entonces?

Nick lo pensó durante unos segundos y contestó:

–Supongo que no habría reaccionado así si lo hubiera sabido después de casarme con Karen. Y tienes razón en lo tocante a ella... Dudo que se lo hubiera tomado bien. Pero tendrías que habérmelo dicho de todas formas.

En ese momento, Nick vio la fecha que estaba superpuesta en la fotografía y frunció el ceño.

–Dios mío... Aún no me había comprometido con Karen cuando diste a luz...

Ella alzó la cabeza y lo miró con expresión desafiante.

–No lo hice a propósito, Nick. Me quedé asombrada cuando supe que estaba esperando un hijo. Necesitaba tiempo para pensar, para asumir que iba a ser madre. Y, cuando por fin me decidí a contártelo, descubrí que te ibas a casar.

–Pero aún estábamos a tiempo. Si me lo hubieras dicho, es posible que no me hubiera casado con ella.

Claire se frotó la frente.

–Nuestra ruptura no fue precisamente amistosa, Nick –le recordó–. Entonces no podía haber nada entre nosotros.

Nick asintió.

–Eso es cierto... Bueno, olvidemos el asunto. Prefiero ver las fotografías.

Claire las fue pasando lentamente, pero las imágenes no contribuyeron a mejorar el humor de Nick. De hecho, avivaron su enfado.

–Qué injusta es la vida. Primero pierdo un hijo y, después, pierdo tres años de la vida de otro –declaró con rabia–. No me lo pensabas decir, ¿verdad? Si no nos hubiéramos encontrado, no me habrías dicho nada.

—Te equivocas. Te lo habría dicho más tarde o más temprano. Cody es muy pequeño todavía, pero en algún momento habría empezado a hacer preguntas y habría querido conocer a su padre —observó.

El sacudió la cabeza y volvió a mirar la pantalla.

—¿Es una foto de su primer cumpleaños?

—Sí, en la casa de mis abuelos. Pero me compré una casa más grande, y ahora viven conmigo —le informó.

—Se nota que le gustan las tartas… Parece muy contento.

—Por supuesto que le gustan. Esa fue la primera vez que probó el chocolate. Pero no permito que tome demasiados dulces. No es bueno para él.

—Bueno, al menos tengo la seguridad de que ha estado bien. Tu abuela y tú os habéis encargado de que crezca sano y feliz —dijo, antes de mirar la fotografía siguiente—. ¿Y esta piscina? ¿De quién es?

—De unos amigos —contestó—. No permito que Cody se acerque al agua si yo no estoy cerca… pero me siento más segura sabiendo que puede nadar y salir de la piscina si se cae.

La mirada de Nick pasó del niño a Claire, que en la imagen aparecía con un bañador de color azul brillante.

—Vaya, nadie habría dicho que estabas embarazada… —comentó con asombro.

—Gracias por el cumplido —dijo ella—. Iba al gimnasio tres veces a la semana. Ahora tengo una sala de ejercicios en casa.

–Deberías salir con alguien, Claire.

Ella sacudió la cabeza.

–Estoy demasiado ocupada. Y, cuando tengo tiempo libre, se lo dedicó a Cody. Prefiero estar con él. Además, dentro de poco empezará a ir al colegio, y las cosas cambiarán.

–¿Fue un bebe tranquilo? ¿O difícil?

–Oh, fue increíblemente tranquilo… pero recuerda que había cuatro adultos con él, aunque mi madre no se encontraba en condiciones de ayudar mucho. Supongo que eso contribuyó a que tuviera un carácter afable.

–Quiero verlo tan pronto como sea posible.

–Lo comprendo. Pero, ¿qué te parece si te hago una foto? Así se la podré enseñar cuando vuelva a casa.

–Se me ocurre algo mejor: que nos hagamos una juntos. Prefiero que me vea contigo.

–Como quieras…

Claire se dispuso a hacer el *selfie* con la tablet, pero Nick alegó que tenía los brazos más largos y, al final, fue él quien hizo la fotografía.

–Ha quedado perfecta –dijo, encantado.

–Sí, es verdad. Y estoy segura de que le gustará ver a su padre.

–¿Nunca ha preguntado por mí?

–No. Nunca hablamos de ti. Y, como todavía no va al colegio, no se ha encontrado en la situación de que otros niños le pregunten por su padre.

–¿Cómo es posible que no se haya encontrado en esa situación? ¿Es que no tiene amigos?

–Sí, por supuesto, pero se dedican a jugar. Y no se

puede decir que mantengan grandes conversaciones –contestó con ironía–. Solo tiene tres años, Nick.

Él siguió mirando las fotos hasta que, en determinado momento, dijo:

–¿Qué te parece si vuelo a Houston el viernes? Podríamos pasar juntos el fin de semana.

Ella frunció el ceño.

–No sé, Nick. Todo esto ha sido tan repentino… No podía imaginar que nos encontraríamos y que decidiría contarte la verdad. Necesito un poco de tiempo. Tengo que encontrar la forma de explicárselo a Cody.

–Los niños son muy flexibles. Díselo sin más. Lo entenderá perfectamente –afirmó.

–De acuerdo –dijo, aunque no estaba muy convencida–. ¿Quedamos el viernes entonces?

–Allí estaré. Y, cuando haya conocido a mi hijo, me gustaría llevaros a todos a cenar. Incluida tu abuela, obviamente.

–Es un bonito detalle, pero recuerda que mi abuela no se encuentra muy bien. Desde que mi madre murió, mi abuelo y Cody se han convertido en el centro de su mundo. No digas nada que la pueda preocupar. No lo soportaría.

–Descuida. No diré nada sin discutirlo antes contigo.

–Gracias.

–¿Hay algún sitio que le guste particularmente a Cody?

–No salimos demasiado, pero hay un restaurante que le encanta… uno que está decorado como si fuera una selva –contestó–. Lo encuentra muy divertido.

–En ese caso, reservaré mesa.

Ella sonrió y Nick la volvió a admirar. Era una mujer preciosa, de piel clara, ojos grandes y pestañas larguísimas.

–¿Se parece mucho a ti?

–¿Cody? Bueno, ya lo has visto en las fotos… Pero si te refieres a su carácter, se parece más a ti. Es tan gregario como encantador. Cada vez que lo llevo al despacho, se pone a hablar con todo el mundo.

–Yo no recuerdo que fuera encantador a su edad. De hecho, Wyatt y Madison se quejaban constantemente de mí. Me encontraban irritante –bromeó.

–Ya, pero entre hermanos es distinto…

–Sí, es posible.

Justo entonces, Nick vio la hora que era y dijo:

–Se está haciendo tarde, y tienes que estar en el aeropuerto a las cuatro. No vas a tener muchas horas de sueño.

–No tenía intención de dormir.

De repente, él tuvo una idea.

–Cancela tu reserva de avión –dijo–. Tengo un jet privado, con piloto. Le pediré que te lleve a Houston cuando tú quieras. De ese modo, te ahorrarás el tiempo de espera en el aeropuerto y llegarás antes.

Claire asintió.

–Gracias, Nick. Ardo en deseos de ver a Cody…

–¿A qué hora te quieres marchar?

–Tan pronto como sea posible.

–Entonces, llama a la agencia para cancelar el billete y yo llamaré al piloto para que prepare el avión.

–Trato hecho.

Cuando volvieron a hablar, Claire descubrió que Nick ya lo había organizado todo.

–Dentro de una hora, vendrá a recogernos una limusina –le informó–. Si tienes que hacer el equipaje, adelante… Yo volveré a ver las fotos de Cody y me las enviaré al móvil. No me canso de mirarlas. Es el niño más maravilloso que he visto en mi vida.

Ella sonrió con dulzura.

–Te comprendo perfectamente. Es un chico muy guapo, y muy listo. Ya está aprendiendo a leer. Estarás orgulloso de él.

–No lo dudo. Aún no lo he visto y, sin embargo, ya lo quiero con toda mi alma –le confesó–. No sé qué pasará en el futuro ni cómo vamos a afrontar esta situación, pero esta noche me has hecho un hombre feliz.

Ella lo miró con intensidad y asintió.

–Me alegro mucho. Por Cody y por ti. Mi hijo tiene un buen padre.

–Bueno, espero llegar a serlo… Al menos, tan bueno como el que tengo yo. Cuando las cosas se tranquilicen un poco, se lo diremos a mi familia. Se pondrán muy contentos.

–Nick, piénsalo bien. La noticia de que tienes un hijo sin estar casado puede dañar tu carrera política. Al juez Milan no le va a gustar, y tampoco les va a gustar a los miembros de tu equipo. Es importante que lo tengas en cuenta.

–Soy consciente de ello, pero no voy a sacrificar mi relación con Cody por los prejuicios de la gente. Además, ahora gozo de la simpatía de los electores.

Es la única ventaja de haberme quedado viudo. Y será de ayuda cuando lo haga público.

—Es posible, pero de todas formas…

—No te preocupes por eso —la interrumpió—. Pase lo que pase, me voy a presentar a senador y voy a conseguir el puesto. Cuando empezamos a salir, te dije que quería ser presidente de los Estados Unidos.

—Un escándalo lo arruinaría todo, Nick. A no ser que nos casemos, y no es algo que tengamos intención de hacer.

Él se encogió de hombros.

—Bueno, si Cody acaba con mis esperanzas políticas, lo asumiré. A fin de cuentas, estoy muy lejos de llegar a la Casa Blanca. Aún tengo que conseguir ese puesto en el senado.

—Ya, pero tu padre te presionará para que te cases conmigo. Ha invertido mucho en tu carrera, y no permitirá que la hundas.

Nick alzó una mano para poner fin a la discusión.

—Claire, esta noche no vamos a tomar ninguna decisión importante. De momento, solo quiero hablar de mi hijo.

Ella asintió.

—¿Qué le puedo regalar? —continuó él.

—Te enviaré una lista de cosas, para que elijas alguna. Adora construir cosas, los libros de cuentos y, por supuesto, los videojuegos —dijo con ojos brillantes—. Ya sabe usar el ordenador… Pero será mejor que haga el equipaje. Tú puedes seguir mirando las fotos.

Claire entró en el dormitorio de la suite, del que salió minutos más tarde con el bolso, una bolsa de viaje y un maletín. Se había cambiado de ropa y se había puesto el traje y la camisa de seda que había llevado a la firma del contrato. Al verla, Nick volvió a pensar que estaba impresionante.

–Llevas muy pocas cosas…

–No necesitaba más. Solo me iba a quedar un día.

–Pues nos podemos ir cuando quieras. La limusina está esperando abajo.

Nick se prestó a llevarle la bolsa y el maletín. Estaban a punto de marcharse y, durante un momento, consideró la posibilidad de tomarla entre sus brazos y besarla. Se había puesto perfume, y era el mismo que usaba cuando salía con ella. Fue como si hubieran retrocedido en el tiempo.

Se acordó de la tercera vez que voló a Houston para verla. Ella estaba con su familia, y su abuela lo invitó a entrar en la casa. Momentos más tarde, Claire apareció en la escalera con el cabello suelto y un vestido de color rojo cuya falda terminaba justo encima de las rodillas. Estaba tan sexy que se quedó boquiabierto.

El recuerdo de aquel instante lo acompañó durante el trayecto en limusina. Cuando llegaron al aeropuerto, el chófer se dirigió a una de las pistas reservadas y aparcó junto al avión de los Milan. Después, Nick le presentó al piloto y a un ayudante de vuelo, que volvieron inmediatamente al aparato. Entonces, Claire lo miró y dijo:

–Te espero el viernes en Houston. Alrededor de las seis y media.

Nick asintió.

–Lo estoy deseando. Y no te preocupes por nada…

Estoy seguro de que superaremos cualquier problema que haya entre nosotros. Soy tan feliz que no encuentro palabras adecuadas para expresar lo que siento.

–Me alegro. Se que te quedarás prendado de Cody en cuanto lo veas.

Él la miró a los ojos, súbitamente embriagado por un sentimiento de agradecimiento hacia la mujer que le había dado un hijo. Y, sin darse cuenta de lo que hacía, la besó.

Claire se quedó sorprendida, pero no tardó en pasarle los brazos alrededor del cuello y devolverle el beso. En cuanto a Nick, la deseó más que nunca. Ahora sabía que tenía un hijo con ella y, por incierto que fuera el futuro, también era apasionante; tanto, que olvidó el pasado, el presente y cualquier problema que pudiera surgir.

La deseaba con toda su alma, y se dejó llevar. De hecho, tuvo que refrenarse para no arrancarle la ropa y hacerle el amor allí mismo. La apretó contra él y le besó reiteradamente el cuello cuando ella ladeó la cabeza, invitándolo.

Pero la razón se impuso y, al final, la soltó a regañadientes.

Además, le asustaba la posibilidad de que el deseo lo llevara a enamorarse otra vez. Claire le había hecho mucho daño en el pasado, y ahora sería mil veces peor. Ella era la madre de su hijo y, en consecuencia, tenía más poder que nunca sobre él.

Nick lo sabía de sobra. Su mente lo sabía. Pero su cuerpo tenía sus propias ambiciones. Y, ¿cómo podía resistirse a ella cuando la deseaba tanto?

Capítulo Cuatro

Claire contempló los ojos azules de Nick, que se habían oscurecido por el deseo. Un deseo que también la dominaba a ella, avivando viejos recuerdos que no quería recordar: noches de amor y mañanas de despertarse a su lado, entre sus brazos.

Tuvo que hacer un esfuerzo para expulsar aquellas imágenes de su mente. Tenía que concentrarse en lo esencial. Nick viajaría a Houston para conocer a Cody. Y ese día iba a ser uno de los más importantes de su vida.

Claire lanzó una mirada al avión y dijo:

–He pensado que el viernes que viene te puedes quedar en mi casa. Hay sitio de sobra, y será mejor para Cody.

–Gracias. Me parece una buena idea… Será más fácil si estoy con él en un sitio familiar.

–Supongo que también te podrías quedar el sábado, pero eso depende de cómo reaccione el niño el día anterior. Ya lo decidiremos en su momento.

Él sonrió.

–Me parece justo. Conoces mejor que nadie a tu hijo.

–A nuestro hijo –puntualizó ella–. Pero será mejor que me vaya… El piloto está esperando.

–Sí, claro –dijo él, mirándola con deseo.

Ella dio un paso atrás porque sabía que, si no mantenía las distancias, se volverían a besar. Y era demasiado peligroso. Nick siempre había tenido la habilidad de destrozar sus defensas. Si no se andaba con cuidado, se volvería a enamorar de él.

–Te acompañaré al avión.

Nick la tomo del brazo y la llevó hasta la escalerilla, donde se despidieron.

–Hasta luego, Nick.

–Hasta el viernes.

Claire subió al avión, se sentó y miró al padre de su hijo por la ventanilla. El viento agitaba su cabello castaño, el mismo cabello de Cody. Y tal vez por eso, por el gran parecido que tenían, se hundió repentinamente bajo el peso de lo que había sucedido.

Cody tenía un padre de verdad. Un padre que quería conocerlo.

Pero, ¿qué clase de padre sería? ¿Qué les depararía el futuro? Incluso cabía la posibilidad de Nick la presionara para casarse con él. Era la única forma de satisfacer a sus electores. Al menos, si quería ser senador de los Estados Unidos y tener alguna opción de llegar a la presidencia.

La política lo era todo para él. Su padre lo había encaminado hacia ella y había puesto todo su poder y sus contactos al servicio de Nick. De hecho, su trabajo en el bufete de Washington D.C. no había sido más que una ocupación temporal, una forma de estrechar lazos en las altas esferas para volver después a Texas y establecer una base política sólida.

Sin embargo, Claire lo conocía bien y sabía que, en el fondo, añoraba su rancho y la vida de vaquero. Nick no era un hombre de despachos, sino un hombre capaz de ponerse perdido de grasa para arreglar el motor de un tractor. Y se preguntó qué habría sido de él si el juez Milan no lo hubiera presionado desde niño para que estudiara Derecho y se dedicara a la política.

No estaba haciendo lo que quería, sino lo que deseaba su familia.

En cualquier caso, ella no era la persona más adecuada para criticar a Nick; no en vano, había renunciado a muchas cosas por motivos familiares. Sin embargo, no iba a permitir que la arrastrara a un matrimonio de conveniencia por el bien de sus ambiciones políticas. Que la condenara a un matrimonio sin amor.

Claire se sorprendió por la deriva de sus pensamientos. ¿Un matrimonio sin amor? Eso no era tan preocupante como el riesgo de enamorarse de él. Había tropezado una vez en esa piedra, y no ardía precisamente en deseos de repetirlo. No quería que le volviera a partir el corazón.

Pero las cosas se habían complicado mucho. Ya no se trataba solo de ellos. Ahora tenían un hijo.

Suspiró y apoyó la cabeza en el respaldo mientras el aparato ganaba altitud.

Temía el momento de volver a ver a su abuela y a su hijo, porque les tendría que explicar lo que había pasado. Y a su abuela no le haría ninguna gracia.

***

Al llegar a su casa, Claire entró de puntillas en el dormitorio de Cody y se quedó de pie, mirándolo. Ardía en deseos de tomarlo entre sus brazos, pero contuvo sus impulsos y se limitó a ponerle bien la manta.

Minutos más tarde, se dirigió a su dormitorio, se duchó y se cambió de ropa. Luego, bajó a la cocina y se preparó el desayuno, que ya estaba a punto de disfrutar cuando Verna Prentiss apareció a su lado.

–Me alegra que estés de vuelta –dijo su abuela–. ¿Te vas a tomar el día libre? ¿O tienes que ir al despacho?

–Me temo que tengo que ir al despacho. Pero esta tarde volveré pronto.

–Excelente… Yo voy a ver a tu abuelo, y me llevaré a Cody conmigo. Le diré que irás a visitarlo mañana.

Justo entonces, se oyó la voz del pequeño.

–¡Mamá!

Claire se giró hacia Cody, que se abrazó a ella con fuerza. Se acababa de levantar de la cama, y aún llevaba el pijama puesto.

Después de desayunar, se ofreció a limpiar la mesa y lavar los platos, pero Verna se negó.

–No te molestes. Sé que quieres estar un rato con Cody. Venga, jugad un poco… Además, así tendré algo que hacer.

Claire rio y miró a su hijo, que sonreía de oreja a oreja.

–Gracias, abuela…

–De nada.

Estuvo jugando con Cody hasta poco después de las nueve, cuando se dio cuenta de la hora que era.

–Oh, vaya… Me tengo que ir al trabajo. Pero te prometo que volveré pronto esta tarde y que haremos algo divertido. ¿Te parece bien?

–¡Sí! –exclamó él, entusiasta–. ¿Podemos llevar mi nave espacial al jardín? La quiero pintar…

–Por supuesto que podemos. Miraremos en el garaje, donde hay pintura de varios colores. Y si no te gusta ninguna, compraremos otra.

Al cabo de un rato, Claire consiguió quitarse de encima a su hijo y llegar a la puerta de la casa. Para entonces, ya faltaban pocos minutos para las diez.

–Venga, dame un beso…

El niño le dio un beso y ella lo abrazó una vez más.

–Te veremos por la tarde –dijo su abuela, que la había acompañado a la salida.

Claire corrió al coche y arrancó, lanzando una última mirada al pequeño. Lo amaba con toda su alma. Y, en ese momento, habría dado cualquier cosa con tal de no haberse encontrado con Nick Milan.

Aquella noche, Claire leyó a Cody su cuento preferido. Se sentó a su lado, en la cama, y le repitió la historia de la oruga que hacía agujeros en todas partes, mientras lo abrazaba contra su pecho. El niño reía y reía, porque lo había oído mil veces y sabía lo que iba a pasar. Pero le gustaba tanto que no se cansaba de oírla.

Claire adoraba estar junto a él. Cuando estaba en el trabajo, contaba los minutos que faltaban para volverlo a ver. Y al mirarlo entonces, hubo una parte que ella que deseó alejarlo de su padre.

Ya no había marcha atrás.

Había tomado una decisión, y estaba obligada a afrontar las consecuencias. Pero antes, debía hablar con Verna y explicarle lo sucedido.

Tras darle un beso, le dio las buenas noches y regresó al salón.

–Abuela, tengo algo que decirte.

Verna, que estaba cosiendo, la miró por encima de sus gafas.

–¿De qué se trata? ¿Ha ido todo bien?

–Sí, perfectamente. Salvo por una pequeña sorpresa… El abogado de la otra parte era Nick Milan.

Su abuela se quedó atónita.

–Oh, Dios mío. Nick Milan… ¿Cómo le va? Supongo que ya tendrá un montón de hijos…

–Me temo que no. Su mujer se mató en un accidente de tráfico hace dos años. Y estaba embarazada.

–Qué horror –dijo Verna, sacudiendo la cabeza–. Perder a tu esposa y a tu hijo al mismo tiempo…

–Sí, debió de ser terrible para él. Pero eso no es lo que te quiero contar.

Verna frunció el ceño, y ella respiró hondo.

–Tuve que explicarle lo de Cody.

Verna se quedó sin habla durante unos segundos, impactada por la noticia. Su preocupación era evidente. Sin embargo, se recuperó enseguida y dijo:

–Entonces, supongo que vendrá pronto.

Claire asintió.

–En efecto. Vendrá el viernes que viene, y luego nos llevará a cenar. De hecho, tú también estás invitada. Se quedará el fin de semana y se irá el domingo.

–No, es mejor que Cody y tú os quedéis a solas con

él. Llamaré a mi hermana y le pediré que me aloje en su casa. Sospecho que Becky no se negará.

Los ojos de Verna se habían llenado de lágrimas, y a Claire se le encogió el corazón.

—No te preocupes, abuela. Encontraremos la forma de solucionar el asunto. Nick es una buena persona.

—¿Cómo quieres que no esté preocupada? Lo estoy, y sé que tú también lo estás —afirmó—. Pero será mejor que se lo cuentes mañana a tu abuelo... Así tendrá algo en lo que pensar.

—Bueno, se lo diré si surge la ocasión. Pero, si está con sus amigos, esperaré a otro día.

Su abuela asintió.

—Imagino que Nick se llevaría una enorme sorpresa cuando se lo dijiste. ¿Cómo reaccionó? ¿Se enfadó mucho?

—Sí, al principio. Aunque se le pasó rápidamente.

—Eres consciente de lo que significa esto, ¿verdad? Puede que quiera la custodia del pequeño —le advirtió.

—Yo no lo permitiría. Pero no creo que tengamos problemas. Encontraremos la forma de compartir a Cody —dijo—. Además, creo que Nick será un buen padre.

Su abuela derramó una lágrima. Claire se acercó a ella y abrazó su delgado cuerpo, que le pareció más frágil que nunca.

—No llores Nick no intentará quitarme a mi hijo. Me lo ha dicho él mismo.

—Eso espero... porque, si las cosas se ponen mal, no podríamos vencer a los Milan. Son una familia poderosa —le recordó.

–No tendremos que vencer a nadie –replicó Claire, aunque no las tenía todas consigo–. No llores, por favor.

Su abuela se secó los ojos.

–No te preocupes por mí. Estoy bien –afirmó–. Y, en cuanto a los Milan, bueno… ojalá que estés en lo cierto.

Su nieta asintió.

–Quería decírtelo antes de contárselo a Cody. Afortunadamente, es muy pequeño y no será consciente de las implicaciones del asunto. Se llevará una alegría.

Claire lo dijo con una seguridad que estaba lejos de sentir. Daba por sentado que se pondría contento, pero solo había una forma de salir de dudas.

Claire se tomó libre el viernes. Y, por la tarde, aprovechando que su abuela se había ido a casa de Becky, sentó a Cody en su regazo, lo abrazó con cariño y sonrió.

–Cody, tengo que decirte una cosa… La semana pasada vi a tu padre. Tengo una fotografía suya, por si la quieres mirar. Se llama Nicholas Milan.

–¿Y es mi papá?

–Sí. Es tu papá y va a venir a verte hoy mismo.

–¿En serio?

Cody sonrió de oreja a oreja, tan feliz como si le hubiera regalado unos dulces.

Se dejó el pelo suelo y se puso un vestido rojo con escote en forma de uve y unos zapatos de tacón alto del mismo color. Tenía las manos heladas y una inquietud creciente; pero, por encima de sus temores, triunfaba el deseo de volver a ver a Nick. Un deseo que intentó refrenar.

Cuando sonó el timbre, corrió a la puerta. Cody había seguido sus instrucciones, y esperaba obedientemente en el salón.

–Hola, Nick…

–Hola.

Claire lo miró y pensó que era un hombre irresistible. Aquel día había elegido un traje de color azul, y no podía estar más guapo.

–Pasa –dijo ella–. Cody está tan nervioso que no hay forma de calmarlo.

–Lo comprendo perfectamente, porque yo también lo estoy… –Nick entró en la casa y echó un vistazo a tu alrededor–. ¿Tu abuela se ha ido?

–Sí. Dijo que era un momento importante para nosotros y que prefería dejarnos a solas. Se ha ido con su hermana, y volverá el domingo.

–Es todo un detalle por su parte. Se lo agradezco mucho.

Claire, que todavía no había cerrado la puerta, vio el vehículo que estaba aparcado en la calle.

–¿Tu chófer se va a quedar en la limusina hasta que vayamos a cenar? –preguntó–. No es necesario, Nick. Dile que se marche. Podemos ir en mi coche.

–No te preocupes por él. Volverá cuando yo lo llame… He pensado que a Cody le gustaría viajar en limusina. Supongo que será su primera vez.

–Supones bien. Y seguro que le encanta.

Nick dejó sus cosas en el suelo y le dio una caja.

—Es champán —le informó—. Lo he traído para que celebremos la ocasión.

—Gracias…

—También tengo regalos para Cody, pero prefiero dárselos más tarde, cuando nos hayas presentado.

—Buena idea. Está tan alterado que no les prestaría atención. Solo quiere verte —dijo—. Y será mejor que no le hagamos esperar…

Claire lo tomó del brazo y lo llevó hacia el salón. Sabía que su vida y la vida de Nick estaban a punto de cambiar para siempre.

Capítulo Cinco

Nick nunca se había sentido tan poco preparado para ver a alguien. Estaba loco por conocer a su hijo, pero no sabía cómo afrontarlo.

Afortunadamente, su inseguridad se esfumó en cuanto entraron en el salón y vio a Cody, que lo miró con sus grandes ojos azules y le dedicó una sonrisa. Se parecía mucho a él. No había duda alguna de que estaba ante un Milan.

–Cody, ven aquí –dijo su madre con afecto–. Te voy a presentar a una persona… Después, te dejaré con él y me iré a la cocina, donde estaré unos minutos. ¿De acuerdo?

–De acuerdo –dijo el niño.

–Cody, este es tu padre, Nick Milan. Nick, este es tu hijo, Cody.

Claire se apartó, Nick se acercó al pequeño y, tras ponerse de cuclillas para estar a su altura, dijo:

–Eres mi hijo, Cody. Y te quiero.

–Sí, señor…

A Nick se le hizo un nudo en la garganta.

–¿Te puedo dar un abrazo?

Cody asintió y repitió la misma frase.

–Sí, señor.

Nick lo abrazó con suavidad.

–No imaginas lo feliz que me siento. hijo mío. Pero es mejor que me llames Nick, o incluso papá… ¿No crees?

El niño guardó silencio durante unos segundos que a su padre se le hicieron interminables. ¿Qué pasaría si lo rechazaba? ¿Qué haría entonces?

Pero Cody no lo rechazó.

–Te llamaré… papá. ¿Vale?

Nick sonrió.

–¿Que si vale? Por supuesto que sí… Yo soy tu papá y tú eres mi niño –declaró, encantado–. Y ahora, ¿por qué no vas a buscar a tu madre? No es necesario que esté sola…

–Sí, señor.

Cody salió corriendo y Nick lo miró con el corazón en un puño. Había sido amor a primera vista. Se había quedado prendado del niño. Y no deseaba otra cosa que estar con él todo el tiempo, todo los días de su vida.

Se dirigió al vestíbulo, recogió los regalos que había dejado en el suelo y regresó al salón. Mientras caminaba, se acordó de lo que Claire había dicho la semana anterior: que su padre lo presionaría para que se casara con ella por conveniencia.

Nick no lo había pensado mucho. Sabía que era lo más adecuado para su carrera política; pero también sabía que, si se casaba con Claire y no salía bien, se verían condenados a un divorcio mucho más amargo y doloroso que su primera ruptura. Además, un matrimonio de conveniencia podía ser muy peligroso para él. Si vivían juntos, se arriesgaba a enamorarse de nuevo. Y no quería que le hicieran más daño.

Cody y Claire aparecieron al cabo de unos momentos.

–Cody dice que le has pedido que vaya a buscarme…

–En efecto. No nos vamos a conocer mejor porque nos dejes a solas. Es un proceso que llevará su tiempo –alegó él.

–Supongo que sí.

Nick se giró hacia el pequeño.

–Te he traído regalos. Están en la bolsa, y los puedes abrir si quieres.

–¿Regalos? –dijo el niño, sonriendo.

–Por supuesto –intervino su madre–. Venga, ábrelos…

Mientras el niño corría hacia la bolsa, Claire se sentó en el sofá y cruzó sus largas piernas, que Nick admiró.

–Ven a sentarte conmigo –dijo ella.

Nick se acomodó a su lado y miró a Cody, que justo entonces abrió el primer paquete.

–Mamá, mira esto…

Claire sonrió al ver el libro.

–Qué casualidad. Era uno de los que querías, ¿no?

El niño asintió y abrió el segundo paquete, que resultó ser un famoso juego de piezas de montar.

–Este no lo tenía –dijo Cody–. Muchas gracias.

–No hay de qué.

–¿Puedo irme a jugar con él, mamá?

–Termina de abrir los regalos. Ya jugarás después.

Cody abrió el tercer paquete, y se quedó encantado con lo que contenía. Era un mono de peluche con un muelle en la parte inferior, que por supuesto probó al instante. El mono salió volando y arrancó varias carcajadas a Claire.

–No lo hagas saltar aquí… –protestó–. Podrías romper algo.

–Tu madre tiene razón. Será mejor que lo uses en el jardín.

–Sí, señor.

–No le habrás comprado más objetos que salten… –dijo ella.

–No, solo queda uno, y te aseguro que no salta.

Segundos después, Claire comprobó que Nick había dicho la verdad. El último regalo no era un juguete, aunque hizo las delicias del pequeño.

–Guau…

–Vaya, un ordenador para niños. Te vas a divertir mucho con él –declaró su madre–. Gracias por haberle hecho esos regalos, Nick. Son perfectos para un chico de su edad. Y, como ves, le han gustado mucho.

–¿Podemos jugar ahora? –preguntó Cody a Nick.

–No lo sé. Depende de cuándo nos vayamos.

–Jugad tranquilamente. Yo no tengo ninguna prisa –afirmó Claire.

Nick miró a su hijo.

–Está bien, jugaremos media hora. Y después, os llevaré a tu madre y a ti a cenar. ¿Te parece bien?

–¡Genial!

Cody salió corriendo y Nick sonrió.

–Supongo que lo tendré que seguir…

–Sí, pero no habrá ido muy lejos. Ahora juega en la mesa de la cocina.

–¿Por qué no vienes con nosotros?

–No, es mejor que estés un rato con él, a solas.

–Como quieras.

Nick se levantó del sofá.

–Es un chico maravilloso, Claire. El niño más maravilloso de la Tierra.

–Sí que lo es. Y parece muy contento de haber conocido a su padre.

Él se quedó sorprendido cuando entró en la cocina. El niño había sacado las instrucciones del juego de piezas y había empezado a montar el juguete por su cuenta y con gran habilidad. Nick se sentó a su lado y lo ayudó hasta que, al cabo de veinte o veinticinco minutos, Cody se empeñó en que lo acompañara a su dormitorio, para enseñarle sus otras creaciones.

Claire apareció poco después en la puerta, y dijo:

–Odio interrumpir, pero nos deberíamos ir a cenar. De lo contrario, se hará tarde y Cody tendrá que irse a la cama.

–Entonces será mejor que nos vayamos. Ya me enseñarás tus cosas otro día.

–Sí, señor.

–Pero, antes de irnos, tendrás que lavarte las manos… –le recordó su madre.

El niño desapareció en el interior del cuarto de baño, y Nick aprovechó la ocasión para hacer un cumplido a su madre.

–Es muy inteligente. Has hecho un gran trabajo.

–Gracias, pero el mérito no es solo mío. Tengo la sensación de que ha heredado unas cuantas virtudes de ti –dijo, guiñándole un ojo.

Tal como Nick esperaba, Cody se quedó boquiabierto cuando salieron de la casa y vio la limusina. Había acertado plenamente con la idea y, tras subir al coche, le enseñó todos los dispositivos ocultos. El niño estaba tan encantado que se dedicó a probarlo todo, y no dijo ni una palabra durante el trayecto al restaurante.

A Nick le pareció tan gracioso que rompió a reír.

—No imaginaba que lo encontraría tan divertido…

—No lo imaginabas porque estás acostumbrado a viajar en limusina desde tu infancia. Pero él no había subido nunca a ninguna.

—Eso es verdad. Aunque hay una diferencia.

—¿Cual?

—Que mi padre no me dejaba jugar con los aparatos del coche.

Los dos rieron, y Nick se acordó de uno de sus días más felices, cuando la invitó al rancho de su familia después de que sus padres se mudaran a Dallas. A la mañana siguiente, salieron a montar a caballo, y él la llevó a uno de sus lugares favoritos: el sitio al que iba de niño cuando quería estar solo. Justo entonces, apareció una mofeta en lo alto de una roca. Claire rompió a reír, y el pobre animal huyó a esconderse.

Cody se quedó dormido en el camino de vuelta, después de haber cenado en un restaurante que, efectivamente, estaba decorado como si fuera una jungla. Había plantas por todas partes y, de vez en cuando, se oía un rugido o un trueno.

Al llegar a la casa, Claire miró a su hijo y sacudió la cabeza.

–Es una pena que lo tenga que despertar, teniendo en cuenta que lo voy a acostar enseguida.

–No es necesario que lo despertemos. Lo llevaré en brazos, con cuidado –dijo él.

Antes de salir del vehículo, Nick habló con el chófer y le dio instrucciones para que pasara a recogerlos al día siguiente, con intención de llevarlos otra vez a cenar. Luego, tomó en brazos al niño y lo dejó en su cama.

–¿Quieres que te ayude con él? –preguntó a Claire.

–No, solo le voy a quitar la ropa –contestó–. Me marcharé enseguida. Debe de estar agotado.

Nick esperó a que lo acostara y, acto seguido, la acompañó al pasillo. La casa de Claire era un edificio de dos plantas, que se alzaba en mitad de unos jardines perfectamente cuidados.

–Tienes una casa preciosa, ¿sabes? Se nota que la vida te va bien.

–Bueno, he tenido suerte con los negocios. Como sabes, trabajé con mi abuelo desde muy joven y, cuando terminé la carrera, disponía de muchos contactos.

–Contactos que no te habrían servido de nada si no tuvieras talento y capacidad de sacrificio –observó él–. Además, tú misma dijiste que la empresa de tu abuelo ha crecido mucho desde que te hiciste cargo de ella.

–Sí, parece que nuestros clientes están contentos. Ya sabes cómo funcionan estas cosas… uno te recomienda a otro y, al final, tienes toda una red de clientes potenciales –comentó–. A decir verdad, mi trabajo me gusta mucho. Puede ser muy exigente, pero me deja tiempo para estar con Cody.

–No sabes cuánto me alegro…

–En fin, ¿quieres que te enseñe tu alojamiento? He pensado que te puedes quedar en una de las suites para invitados.

Claire lo llevó a la suite, abrió la puerta y encendió una luz. Nick se encontró en un salón enorme, con suelos de madera y alfombras anchas.

–El dormitorio tiene su propio cuarto de baño –le explicó–. Hay dos suites más en la misma planta, pero esta es la que está más cerca de nuestras habitaciones.

–Menuda casa… –dijo con admiración–. Lujosa, cómoda y práctica al mismo tiempo.

–Conozco a muchos constructores, así que contraté a los mejores.

Él sonrió y le pasó un dedo por la mejilla.

–Eres toda una mujer de negocios…

–Lo intento.

Por alguna razón, Nick se sintió más atraído por Claire que nunca. Quizá fuera porque estaba en su casa, una casa que había conseguido gracias a su esfuerzo y talento profesional. Pero, en cualquier caso, dio un paso hacia ella con intención de besarla.

Sin embargo, Claire retrocedió y él supo que estaba alzando una barrera entre los dos. El hecho de que se mostrara amable y dispuesta a colaborar en lo relativo a Cody no significaba que quisiera ir más lejos. Seguramente, ardía en deseos de que volviera a Dallas y la dejara en paz de una vez por todas.

–Volvamos abajo –dijo ella–. Tengo un aparato que

está conectado a la habitación de Cody, para poder oírlo si se despierta o se levanta en mitad de la noche. Así lo puedo vigilar.

–Eres una buena madre. Se nota que preocupas por él.

–Y tú serás un buen padre. Hoy te has portado muy bien…

–No ha sido muy difícil. Es un chico verdaderamente increíble. Sé que no puedo ser objetivo al respecto, pero me parece el niño más fantástico del mundo.

Claire rio.

–Sí, es obvio que no puedes ser objetivo. Pero tienes razón… Es un gran chico, encantador y muy inteligente. Y se alegra de haber conocido a su padre.

–Eso espero –dijo Nick, mientras bajaban al salón.

–Has empezado con buen pie. Los regalos eran perfectos, y el viaje en limusina ha sido una buena idea. ¿Te apetece una copa?

–No, prefiero que abramos el champán y que lo celebremos –respondió–. Porque tenemos motivos para celebrarlo, Claire… No quiero que estés preocupada por mi culpa. No he venido a complicarte las cosas. Sé que te cuesta compartir a Cody conmigo, pero haré todo lo que esté en mi mano por conseguir que nuestra nueva relación sea buena para él y para ti.

Nick clavó la vista en sus dulces y, no obstante, lujuriosos labios. Después, miró sus ojos y se quedó como hechizado con ellos. Y a Claire le debió de pasar lo mismo, porque sus pupilas se dilataron un poco.

Estaban a escasos centímetros de distancia, tan cerca que solo tenían que inclinarse para sucumbir a la tentación.

Sin embargo, Nick se apartó. No quería tomar ese camino.

–¿Dónde está el champán? –preguntó, rompiendo el hechizo.

–Lo he dejado en el bar –respondió en voz baja–. Voy a buscarlo.

Claire se acercó a la pequeña barra que estaba en el fondo del salón. Pero parecía perdida, como si fuera la primera vez que estaba en aquel sitio. Al darse cuenta, Nick tomó la iniciativa y sacó dos copas de un armario mientras decía:

–Siéntate. Yo serviré el champán.

Ella asintió y se sentó en uno de los taburetes de la barra. Él descorchó la botella, sirvió dos copas y, a continuación, alzó la suya.

–Brindo ti, Claire. Por una mujer preciosa.

Ella sonrió con debilidad.

–Gracias. No imaginaba que brindarías por eso…

Nick le devolvió la sonrisa y, tras probar el espumoso y pálido líquido, propuso un segundo brindis.

–Por nuestro hijo, que es una maravilla.

–Por nuestro hijo.

Esta vez, Claire sonrió de oreja a oreja.

–Es una noche muy importante para mí –dijo él–. Hoy he conocido a mi hijo…

–Pase lo que pase, sé que serás un buen padre.

Nick admiró sus largas y fabulosas piernas. Al cabo de unos segundos, dejó su copa en la barra, alcanzó el maletín que había llevado y sacó dos cajas.

–Esto es para ti. Un pequeño gesto de agradecimiento.

Claire sacudió la cabeza.

–No tenías que comprarme nada –protestó.

–Ábrelos… –insistió él–. Cody ya ha recibido sus regalos, y ahora es el momento de los tuyos. Es lo que te habría dado si hubiera estado presente en el parto.

–Está bien, como quieras.

Claire abrió la primera de las cajas y se quedó sorprendida al ver un collar de diamantes.

–Vaya, es precioso…

–¿Quieres que te lo ponga?

–Sí, por favor. Es un collar absolutamente impresionante.

–No, tú eres impresionante. Mucho más que cuando te conocí.

Ella se apartó el pelo de la nuca para facilitarle la tarea. Después, dio media vuelta y lo miró a los ojos de un modo tan intenso que Nick se sintió en la necesidad de aclarar las cosas.

–Claire, me han partido el corazón dos veces. La primera, cuando tú y yo nos separamos; la segunda, cuando mi esposa y mi hijo fallecieron en aquel accidente. Y no quiero que me lo vuelvan a romper.

–Bueno, los dos sufrimos mucho. Pero pasó como pasó… No podemos cambiar el pasado.

–No pretendo cambiar el pasado. Me importa más el presente –afirmó–. Y, hablando del presente, quiero que este fin de semana sea una oportunidad de conocer mejor a mi hijo. Quiero disfrutar cada minuto, sin pensar todavía en las complicaciones de esta situación… ¿Crees que será posible?

–Por supuesto. A mí también me parece lo mejor –dijo, llevándose una mano al cuello–. Y ahora, ¿puedo ir a mirarme en un espejo? Es un collar magnífico…

–Aún no has abierto el otro regalo.

–Ah, es verdad.

Claire abrió la segunda caja, y descubrió un sencillo brazalete de oro en cuyo interior habían grabado la fecha de nacimiento de Cody.

–Qué maravilla –dijo ella, sonriendo–. Gracias, Nick. Es verdaderamente especial.

–No tanto como el regalo que tú me has hecho. Un hijo. Puedes estar segura de que me tendrá siempre a su lado.

–¿Siempre? –preguntó, mirando el brazalete–. Te estás comprometiendo a un plazo muy largo, Nick…

–Lo sé.

–Anda, siéntate conmigo.

Claire se levantó del taburete y se acomodó en las sillas que estaban alrededor de la mesa. Él se sentó enfrente.

–¿Cuántos nietos tienen tus padres, Nick?

–Uno. Cody es el primero.

–Oh, Dios mío… Entonces, no hay duda de que el juez te presionará para que nos casemos. Y no aceptará negativas.

Nick frunció el ceño.

–Sí, es posible que estés en lo cierto. Tiene la fea costumbre de meterse en la vida de los demás. Lo hizo con mi hermana cuando se enamoró del hombre que ahora es su marido, Jake. Pero ya no es tan energético como antaño. La edad le ha vuelto menos peligroso.

Claire suspiró y sacudió la cabeza.

–No quiero tener que vérmelas con tu padre. Pero, si me obliga a pelear, pelearé. No voy a permitir que nos imponga a un matrimonio de conveniencia.

–Yo tampoco lo permitiría. Soy un hombre adulto, que toma sus propias decisiones.

–Un hombre que siempre ha hecho lo posible por satisfacer a tu padre. Tú mismo me lo dijiste. Lo quieres mucho.

–Sí, claro que lo quiero, pero es mi vida. No me voy a someter a sus dictados –le aseguró–. Tú y yo estamos más concentrados que nunca en nuestras respectivas carreras, y nuestra relación sería más difícil que hace cuatro años. Pero no te preocupes por eso. Me encargaré de que puedan ver a su nieto de vez en cuando, y se tranquilizarán con el tiempo.

–No creo que tus padres se tranquilicen, Nick. Te estás jugando tu futuro político –le recordó.

–Deja de pensar en un problema que aún no se ha presentado. De momento, mis padres no saben nada de Cody.

–¿Y por qué tengo la sensación de que esto va a terminar en desastre?

–No habrá ningún desastre –dijo él, intentando tranquilizarla–. Olvida el asunto, por favor... Venga, cuéntame algo más de tu vida y de la vida de mi hijo.

Ella lo miró con humor.

–Querrás decir de la vida de tu hijo, que es lo que realmente te interesa...

Nick no se atrevió a negarlo, y Claire le empezó a contar anécdotas e historias de la infancia de Cody.

Él la escuchaba con atención y, en algún momento de las horas posteriores, se dio cuenta de que era la primera vez que hablaban tanto. En los viejos tiempos, no pasaba ni un minuto antes de que se empezaran a besar, lo cual les empujaba irremediablemente a hacer el amor. Y, al pensar en el sexo, se preguntó cómo era posible que, cuatro años después, la encontrara tan atractiva como entonces.

–Dios mío, ya es la una de la madrugada. No puedo creer que se haya hecho tan tarde… –dijo ella–. Deberíamos acostarnos. Ha sido un día largo, y lleno de emociones.

–Sí, ha sido un día muy difícil para los dos. Pero Cody está contento. Ha salido mejor de lo que esperaba.

Nick y Claire salieron de la habitación y se dirigieron a la escalera.

–Voy a activar la alarma –dijo ella–. ¿Necesitas alguna cosa?

–No, nada.

Claire pulsó unos botones en un panel que estaba en la pared y, a continuación, Nick la acompañó hasta la puerta de su habitación.

–Gracias por todo, Claire.

–Gracias a ti por el collar… Es precioso.

Él miró el objeto y se dijo que le habría regalado bastante más que un collar y un brazalete si hubiera estado con ella durante el parto. No quería pensar en esos términos, pero era difícil cuando acababa de descubrir que tenía un hijo.

–Se me ha ocurrido una cosa… Podrías tomarte

una semana libre y llevar a Cody a Dallas, para que nos vayamos conociendo mejor. Piénsalo. Nos alojaríamos en el rancho, en Verity. Seguro que le gustaría.

–Oh, sí, le encantaría –admitió ella–. A los niños les encantan los ranchos. Sobre todo, si están con su padre.

–Y, si no recuerdo mal, también te gustan a ti...

–Desde luego.

–Yo los adoro. Y ahora, más que nunca.

Claire asintió.

–Ha sido una noche muy satisfactoria, Nick. Creo que Cody se va a alegrar de tener el padre que tiene.

Nick sonrió.

–Lo hemos hecho bien, ¿verdad?

–Supongo que sí, aunque nos esperan unas cuantas decisiones difíciles.

–Bueno, pero no las tenemos que tomar ahora.

Claire abrió la puerta y, antes de despedirse, anunció:

–Me levanto temprano, así que el desayuno estará preparado a las seis de la mañana. Pero, si necesitas levantarte antes, dímelo y madrugaré más.

Él sacudió la cabeza.

–Las seis me parece bien. Y, una vez más, gracias por la velada. Me has facilitado mucho las cosas... Mañana por la mañana, invitaré a Cody a ir a mi rancho.

–Me parece perfecto –dijo ella–. Buenas noches, Nick.

–Buenas noches.

Nick dio media vuelta, se alejó por el pasillo y, tras

71

entrar en la habitación de invitados, cerró la puerta y suspiró. Estar con Claire había sido una tortura. Cada vez que la miraba, se tenía que resistir a la tentación de asaltar su boca.

–Maldita sea…

De repente, la idea de llevarlos al rancho de Verity no le pareció tan buena. Las paredes de aquel lugar estaban intrínsecamente ligadas a su antigua relación. Se acordaría de la semana de amor que habían disfrutado en él y la desearía más que nunca.

Desesperado, se pasó las manos por el pelo.

¿Qué pensaría Claire? ¿Qué estaría sintiendo en ese instante? ¿Compartiría su confusión y su ansiedad?

Claire se llevó las manos a la cabeza. Nick era más sexy que nunca, y se portaba muy bien con ella. Si las cosas seguían así, se enamoraría otra vez. Y se condenaría a una ruptura más dolorosa que la de entonces.

Aún se sentía físicamente atraída por él. Pero no lo quería desear. Nick le había dicho que no se preocupara, que no tenía intención de casarse con ella por el bien de su carrera política. Sin embargo, la política era el centro de su vida, y estaba segura de que su padre lo presionaría en ese sentido.

Fuera como fuera, ahora tenía un problema más inminente. Había aceptado su idea de ir al rancho, y le inquietaba la perspectiva de estar con él en un lugar con tantos recuerdos tórridos. Tenía miedo de no poderse controlar.

Se preparó para irse a la cama e intentó no pensar en Nick. Luego, se acordó que había dejado la luz del salón encendida y la apagó; pero, al volver al dormitorio, vio el collar de diamantes en el tocador y se acercó a admirar sus preciosos destellos. Era evidente que le habría costado una fortuna.

Dejó el collar en la mesita de noche y se acostó. Se había metido en un buen lío al permitir que Nick volviera a su vida. Era demasiado tentador, y lo era en demasiados aspectos; en tantos, que no se engañaba a sí misma: por mucho que se resistiera, terminaría enamorada de él.

Capítulo Seis

Claire ya había puesto la cafetera al fuego cuando Nick entró en la cocina por la mañana. Llevaba botas, vaqueros y una sencilla camiseta de algodón, así que estaba menos impresionante que de costumbre; pero tan guapo como siempre.

—Me extraña que lleves vaqueros. No te los solías poner.

—Tú tampoco, si no recuerdo mal. Y debo añadir que a ti te quedan mucho mejor.

—Gracias —replicó con una sonrisa.

—He pensado que podríamos ir juntos al acuario, y he reservado billetes por Internet —le informó—. Pero, si crees que Cody preferiría otra cosa, dime lo que sea y lo haremos.

—A Cody le encantará. Hace tiempo que quiero llevarlo, pero nunca encuentro la ocasión.

—¿Ya se ha despertado?

—No, sigue dormido como un tronco.

—¿Y su madre? ¿Qué tal ha dormido esta noche?

—Bueno, ya sabes… Las preocupaciones no se olvidan así como así.

Nick se sirvió una taza de café y se sentó frente a ella.

—Te comprendo, pero prefiero que dejemos las

74

preocupaciones para otro momento y disfrutemos de la mañana. Tú y yo podemos ser amigos. Lo fuimos hace tiempo. Y te prometo que no os voy a presionar ni a Cody ni a ti en ningún sentido.

–Lo intentaré. Sin embargo, debes entender que esto es muy difícil para mí. Tu presencia supone un gran cambio en nuestras vidas.

–Lo sé, pero recuerda que no te voy a presionar. No tengo prisa por encontrar una solución.

Aún estaban desayunando cuando Cody entró en la cocina en pijama y con un peluche bajo el brazo.

–Buenos días –le dijo Claire, que se acercó a darle un beso.

–Tengo billetes para ver el acuario –anunció Nick–. ¿Te apetece?

Cody miró a su madre como esperando una explicación.

–El acuario es ese lugar lleno de estanques enormes donde hay peces de todas las clases –dijo Claire.

–Ah… –replicó el niño, que se giró hacia Nick–. Me gustaría mucho. Yo también tengo peces, aunque son pequeños.

–Ya los he visto. Y, cuando terminemos de desayunar, podrás enseñarme la pecera y hablarme de ellos… ¿Sabes de qué especies son?

–Sí, señor.

Claire empezó a preparar el desayuno a su hijo, y Nick se prestó a ayudarla. Mientras trabajaban, Nick declaró que había llamado por teléfono al chófer para que los llevara al acuario, y Cody lo oyó.

–¿Vamos a ir otra vez en limusina?

–Por supuesto que sí.

El niño se puso tan contento que ella sacudió la cabeza y dijo:

–Con tantas diversiones, la semana que viene se le va a hacer insoportablemente aburrida.

–Entonces, haré los preparativos necesarios para que podáis venir a mi rancho. Eres la presidenta de tu empresa… pídele a alguien que te sustituya.

–No es tan fácil, Nick. Tengo compromisos, y muchas cosas que hacer. Pero comprobaré mi agenda después de desayunar.

–Me parece perfecto. Y, si al final puedes, dímelo y me encargaré de todo… ¿Te apetece conocer mi rancho, Cody?

–¿Un rancho es uno de esos sitios llenos de caballos y vacas?

–Desde luego que sí –contestó tu padre–. Si a tu madre le parece bien, te llevaré a montar.

–¿Puedo montar, mamá? –preguntó el niño, esperanzado.

–Solo si estás con tu padre…

A media mañana, subieron a la limusina y se dirigieron al acuario. Claire no dejaba de preguntarse cómo se podía proteger contra los encantos de Nick cuando estaban atados por el hijo que compartían. Cada vez que lo miraba, los latidos de su corazón se aceleraban sin remedio. Y lo miraba con demasiada frecuencia; con tanta, que hasta él se habría dado cuenta si Cody no hubiera estado presente.

Ya en el acuario, Nick se apartó un momento del niño y dijo a su madre:

–He reservado mesa en un restaurante, a las siete en punto. Si es tarde para Cody, dímelo y cambiaré la hora.

–No, las siete está bien.

Claire tragó saliva y se maldijo para sus adentros. Ahora tenía que sobrevivir a una tarde con Nick Milan y a una velada nocturna.

¿Qué podía hacer para no caer en la tentación de aquel hombre?

Al volver a casa, Cody y Nick se quedaron jugando con el ordenador nuevo del niño y Claire subió a su habitación para cambiarse de ropa. Tardó poco y, cuando bajó al salón, Nick se levantó del sofá y la miró con deseo.

Se había recogido el pelo y se había puesto un vestido de color escarlata. Solo llevaba dos joyas: el collar de diamantes y el brazalete de oro que él le había regalado.

–Estás magnífica –afirmó Nick con voz ronca.

–Vosotros también lo estáis –replicó, lanzando una mirada a su hijo.

Cody, al que habían puesto una camisa blanca y unos pantalones negros de vestir dijo:

–Gracias.

–Lo mismo digo –se sumó Nick, sin dejar de admirar a Claire–. Bueno, ¿nos vamos a cenar? La limusina está esperando.

La cena fue tan agradable como la de la noche anterior. Cody estaba fascinado con las luces de la ciudad, que se veía a través de las ventanas; y Nick, con Claire. Era consciente de que estaba arriesgando su corazón, pero no podía apartar la vista de ella. Adoraba su piel clara, sus ojos inmensamente luminosos, la sensual invitación de su boca. Y casi gemía cuando sus miradas se encontraban.

Ya se habían comido la langosta que pidieron cuando Claire le dio la noticia que quería escuchar.

—He comprobado mi agenda y he hablado con mi secretaria y con mi abuela. Si te parece bien, Cody y yo iremos a verte la semana que viene. El miércoles puede ser un buen día. De ese modo, no abusaremos demasiado de tu hospitalidad y tendré tiempo de reservar billetes de avión. Francamente, no me apetece ir en coche.

—No es necesario que reserves billetes, Claire. Puedes volar en el avión de los Milan —se ofreció Nick—. Venid el lunes, y quedaos toda la semana. Si Cody se cansa del rancho, nos iremos a Dallas.

Ella sacudió la cabeza.

—No, el lunes no puedo. Tengo que pasar por la oficina y arreglar unas cuantas cosas. Pero está bien, iremos el martes.

—Excelente. Os estaré esperando.

Volvieron a casa después de las nueve y, a las diez, Cody ya estaba dormido en su cama. Claire llevó a Nick al salón, donde él se quitó la chaqueta y la corbata y se desabrochó los dos primeros botones de la camisa.

Ella lo miró, muy consciente de que, bajo aquella prenda, se escondía un cuerpo maravillosamente varonil. Un cuerpo que recordaba a la perfección.

Incómoda, Claire se ofreció a mostrarle el resto de la casa. No le apetecía demasiado, pero era una buena excusa para no tener que sentarse con él. Deseaba a Nick Milan, y empezaba a sentirse incapaz de resistirse a la tentación.

Tras enseñarle las distintas suites y el ascensor que había instalado para que sus abuelos pudieran subir al piso de arriba sin tener que usar las escaleras, lo llevó al gimnasio.

—Algún día, pondré una piscina en el jardín. Pero, hasta entonces, este el sitio donde hago deporte.

Nick miró el lustroso entarimado y dijo:

—¿Hay equipo de música? Lo pregunto porque me apetece bailar.

Ella estuvo a punto de mentir. Bailar con Nick era un peligro. Pero dijo la verdad.

—Sí, por supuesto —contestó. De hecho, tengo una buena selección de música disco, con un poco de todo.

—Magnífico. Pero antes, tenemos que cambiar una cosa.

—¿Una cosa? —preguntó ella, mientras ponía la música.

Nick se le acercó, le quitó las horquillas del cabello y se lo dejó suelto.

—Así estás mejor —dijo.

Ella carraspeó.

—No deberías haberme soltado el pelo. Y no deberíamos bailar.

Nick respiró hondo.

–Descuida. Son canciones de discoteca, así que no bailaremos pegados. Y podremos soltar un poco de energía.

–Si tú lo dices…

Los dos se pusieron a bailar. Claire era muy consciente de la mirada de Nick, que pasaba de sus ojos a su cuerpo, excitándola cada vez más. Pero el intenso ritmo hizo que se relajara, y no se preocupó en exceso cuando empezó a sonar una canción lenta y él la tomó de la mano.

–¿Quién ha grabado este CD?

–Yo. Prefiero oír música cuando hago ejercicio.

–Pues tienes buen gusto –dijo Nick, sonriendo–. No había oído esta canción desde que estaba en la universidad, y ha pasado mucho tiempo desde entonces.

Ella también sonrió.

–Y tanto. Parece que ha pasado un siglo… Pero, ¿qué te parece si dejamos de bailar y tomamos algo? Empiezo a estar sedienta.

Claire quitó la música y, momentos después, salieron del gimnasio.

–Me encanta tu casa, ¿sabes? Es un buen hogar para nuestro hijo –declaró Nick.

–Gracias.

–Cuando vayáis a Dallas, hablaré con mi familia para que conozcan a Cody.

–Me parece perfecto. ¿Qué tal están? ¿Madison sigue pintando? Me encontré con ella cuando hizo aquella exposición en Houston.

–Sí, todos están bien. Madison se casó con Jake

Calhoun y ya no viaja tanto como antes. Wyatt es sheriff, y tiene intención de retirarse a su rancho cuando termine el mandato. En cuanto a Tony, bueno… sigue con su vida de soltero –dijo con humor–. Y mis padres, como ya sabes, están en Dallas.

–Deberías decírselo a tus padres antes que a tus hermanos. Dudo que el juez se lo tome bien.

Él se encogió de hombros.

–No creo que sea para tanto. Mi padre y yo siempre hemos tenido una relación buena. Lo comprenderá.

–Tenéis una relación buena porque siempre has hecho lo que él quería.

–Sí, lo sé, pero solo lo he hecho porque mis intereses coinciden con los suyos. Me ha ayudado mucho con mi carrera política. Tiene grandes contactos.

Claire lo miró con desconfianza. No conocía en persona a sus padres, pero sabía que el juez Milan era un hombre peligrosamente poderoso.

–Hablaré con mi padre. No te preocupes por él. Cody es su nieto, y estoy convencido de que le darán todo su amor.

–No lo dudo, pero también insistirán en que te quedes con su custodia.

Nick la miró con solemnidad.

–Te prometo que no te quitaré a tu hijo.

Claire asintió y se sentó con él en el salón. Quería creer que le estaba diciendo la verdad, pero había demasiadas complicaciones en su camino.

–Claire, sé que es una situación difícil. En primer lugar, porque vivimos en ciudades distintas y tendremos que compartir a Cody y, en segundo, porque estás acostumbrada a tenerlo solo para ti. Pero iremos poco a poco.

Ella asintió, en silencio.

–He pensado que no hay razón por la que Cody no pueda llevar mi apellido –continuó Nick–. Se puede hacer sin que estemos casados… ¿Te parece bien?

–Tendré que pensarlo, Nick. No te puedo dar una respuesta en este momento.

–Lo comprendo. Solo quiero que lo pienses y que sopesemos las distintas posibilidades. El lunes que viene, iré al banco y abriré una cuenta bancaria y un fondo para Cody. Es obvio que no necesitas ayuda económica, pero quiero compartir los gastos contigo.

–Está bien. A partir de ahora, los compartiremos.

–Excelente.

Nick llevó una mano a su pelo y jugueteó brevemente con un mechón.

–Pase lo que pase, me alegro mucho de volver a estar contigo –dijo.

Ella sonrió con debilidad.

–Yo también me alegro, pero… ¿puedo pedirte una cosa? Más tarde o más temprano, tendremos que llegar a un acuerdo sobre Cody. Y, sinceramente, preferiría que fuera un acuerdo amistoso, sin abogados.

–Por mí, no hay problema. Solo quiero lo mejor para ti y para mi hijo.

–Cody nunca ha estado lejos de mí… Ni una sola noche.

Nick notó su preocupación y la tomó de la mano.

–No os voy a hacer ningún daño –dijo con suavidad–. Solo quiero formar parte de su vida.

–Es que ha estado conmigo desde que nació, constantemente…

–Te propongo un trato. Si hago algo que no te gusta, dímelo y probaremos otra cosa. Estoy dispuesto a hacer lo que sea por vuestra felicidad.

Ella asintió, intentando mantener la calma. Pero era difícil, porque la cercanía de Nick la estaba volviendo loca. Le gustaba demasiado. Y por mucho que intentara tranquilizarla en lo relativo a Cody, estaba segura de que surgirían problemas.

–Ha sido un gran fin de semana, Claire. Muchas gracias.

Nick se inclinó sobre ella y le dio un beso que pretendía ser inocente; pero el breve contacto de sus labios avivó el deseo que los dos intentaban refrenar, y se transformó en algo tan profundo como apasionado.

Él la abrazó con fuerza, y Claire se aferró a su cuerpo del mismo modo, arrojándose a un torbellino de placer. Estaba atrapada entre el anhelo de hacer el amor y el anhelo imposible de que Nick desapareciera. Pero el primero triunfó durante unos momentos, hasta que la voz de su razón se impuso.

No quería enamorarse otra vez de Nick Milan. No iba a renunciar a sus ambiciones políticas. No cambiaría de vida por ella ni por el propio Cody.

–Esto no va a solucionar nada… –dijo ella, en su susurro.

Claire se levantó y se alejó unos pasos.

–¿Tú crees? Puede que sea la solución perfecta.

–Yo estoy aquí, en Houston, atada a mi familia y mi negocio. Y tú te debes a tu carrera, que te llevará de

Dallas a Austin y, más tarde, a Washington –le recordó–. El matrimonio no cambiaría las cosas. Nuestra relación sigue siendo tan imposible como siempre.

Nick se le acercó.

–Aunque tengas razón, un beso no hace daño a nadie...

–Yo no estaría tan segura, Nick. Es mejor que pongamos fin a la velada.

–Está bien.

Nick la acompañó a su dormitorio y, al llegar a la puerta, ella dijo:

–Tengo que ir de compras por la mañana. ¿Puedes cuidar de Cody durante mi ausencia? Dejaré preparado su desayuno.

–Por supuesto. Me encargaré de él –le aseguro–. Buenas noches, Claire.

–Buenas noches.

Ella entró en la habitación y cerró la puerta. Se había divertido con Nick, e incluso se había sentido brevemente como si el tiempo no hubiera pasado y aún fueran los dos jovencitos que se habían amado con pasión. Pero el tiempo había pasado y, además, estaba Cody.

Se acostó e intentó recordarse que Nick era una amenaza para su felicidad. Desgraciadamente, su imaginación tenía otros planes, y la empujó a pensar en el sexy y varonil hombre que estaba en su casa.

Pero debía tomar una decisión, y sería mejor que fuera la correcta. De lo contrario, su futuro y el de su hijo saltarían por los aires.

Entretanto, tendría que encontrar la forma de mantenerse a salvo de su hechizo. Y solo se le ocurría una: alejarse de sus brazos y, sobre todo, de su cama.

Cuando se subió al coche, Nick se puso a pensar en Cody y en las sencillas pero importantes palabras que le había dedicado minutos antes. Le había dicho que lo quería. Y estaba tan emocionado que se le encogió el corazón.

Lamentablemente, su relación con Claire no iba a ser tan fácil. Habría dado lo que fuera por eliminar los obstáculos que los separaban, pero ella estaba en lo cierto: sus vidas eran muy distintas. Tenían demasiados compromisos, y casi imposibles de compaginar.

Mientras lo pensaba, se preguntó si su carrera política le importaba más que el afecto de Claire y la posibilidad de tener una familia. A fin de cuentas, ya no se trataba solo de ellos. Ahora tenían que pensar en Cody. Y, por muy grandes que fueran las dificultades, estaban obligados a encontrar una solución.

Pero, de momento, había un problema inmediato que debía solucionar. Cody y Claire iban a ir al rancho, y él no tenía más opción que informar a sus padres y a sus hermanos. De hecho, era consciente de que también tendría que decírselo a la familia de Karen, aunque eso no era tan urgente. Y sospechaba que no se alegrarían mucho cuando supieran que había tenido un hijo con otra mujer después de casarse con su difunta hija.

Durante el trayecto, envió un mensaje a su padre

para decirle que necesitaba hablar con él. El juez Milan respondió al cabo de unos minutos, y le pidió que pasara a verlo por su casa. Nick respiró hondo y se dijo que, puesto a enfrentarse a un león, era mejor enfrentarse a él en su propia guarida.

Nick entró en la biblioteca, dio un abrazo a su madre y cruzó la sala para estrechar la mano de su padre. Después, se sentaron tranquilamente y se pusieron a hablar del clima mientras el perro de la familia saltaba y corría a su alrededor.

Poco después, el juez Milan dijo:

—Evelyn, tengo que hablar con Nick. Es un asunto legal.

Ella sonrió.

—En ese caso, os dejaré. Los asuntos legales me aburren terriblemente. Pero llámame cuando hayáis terminado, Peter.

—Así lo haré.

Evelyn se marchó y cerró la puerta. Nick miró entonces a su padre y dijo:

—Tengo algo que contarte, aunque puede esperar… ¿Qué es ese asunto del que querías hablarme?

—Me lo he inventado. Era una excusa para que tu madre se fuera. He supuesto que querías verme a solas.

—Veo que me conoces muy bien…

Nick se levantó del sillón, caminó hasta la chimenea y volvió a mirar a su padre.

—No sé si recuerdas que, antes de que me casara con Karen, le propuse el matrimonio a Claire Prentiss.

–Ah, sí... Me acuerdo muy bien de la señorita Prentiss. Su abuelo tiene una agencia inmobiliaria en Houston y, según tengo entendido, ella lo ayudaba.

–En efecto.

Nick respiró hondo e intentó encontrar las palabras adecuadas. Estaba seguro de que su padre aceptaría a Cody con los brazos abiertos, pero no quería provocar una discusión.

–Pues bien, un cliente me pidió la semana pasada que fuera con él a la firma de un contrato –continuó–. Era la venta de una propiedad, pero el dueño no podía asistir porque lo habían hospitalizado... Y, cuando llegué, descubrí que la agente inmobiliaria era nada más y nada menos que Claire Prentiss, que ahora lleva la empresa de su abuelo.

–No me digas que has venido a decirme que estás saliendo con ella...

–No, estoy aquí por otra cosa.

–Adelante. Te escucho.

–Claire no sabía que yo había perdido a mi esposa y al hijo que estaba esperando –le explicó–. Quizá recuerdes que rompí con ella porque no podíamos compaginar nuestras respectivas carreras. Luego, empecé a salir con Karen y mamá y tú me presionasteis para que le pidiera matrimonio.

–Y fue una buena idea. Nadie podía saber que se cruzaría con un conductor borracho.

–Ya, bueno... El caso es que no le dije a Claire que me había comprometido con Karen, pero se enteró de todas formas.

Su padre se encogió de hombros.

–Sinceramente, no me extraña. Los Milan salimos muy a menudo en la prensa. Y también la familia de Karen.

–No me interrumpas, papá… Estoy intentando que lo entiendas.

–¿Que entienda qué? No te andes por las ramas, Nick. Cuéntamelo, sin más.

–Te lo voy a contar. Pero antes, quiero que veas esto.

Nick sacó el teléfono móvil y se dispuso a enseñarle una de las fotografías de su hijo.

–Agárrate bien, porque te vas a llevar una sorpresa.

–Estoy empezando a sentir curiosidad… –dijo su padre.

Nick le enseñó una foto y dijo:

–Te presento a Cody Nicholas Prentiss. Resulta que, cuando me casé con Karen, Claire estaba embarazada de mí.

–Dios mío… ¿La dejaste embarazada y te casaste con Karen? ¿Cómo es posible? ¿Es que no lo sabías?

Nick sacudió la cabeza.

–No, claro que no. Claire no me lo dijo. Sabía que me iba a casar con otra mujer, y optó por guardarlo en secreto.

El juez se quedó mirando a su nieto, absolutamente asombrado.

–Es tu viva imagen, Nick… –acertó a decir–. ¿Qué vas a hacer ahora? ¿Le vas a pedir a Claire que se case contigo?

–No, papá. Al menos, de momento –respondió–. Acabo de conocer a Cody… De hecho, he pasado el fin de semana con ellos, en su casa de Houston. Pero estoy deseando que lo veáis… Es un chico maravilloso, un chico alegre e inteligente. Tiene tres años, y no hay duda que lleva la sangre de los Milan. Es uno de los nuestros.

Su padre no dijo nada. Se limitó a mirar la foto.

–Tengo más fotografías, por si las quieres ver…

Peter suspiró.

–Tendremos que encontrar la forma de decírselo a tu madre. Aunque no necesito hablar con ella para saber que hará lo posible por tenerlo cerca. Es nuestro primer y único nieto, Nick.

Nick se sintió aliviado; pero, al mismo tiempo, tuvo miedo de que sus padres los presionaran y complicaran las cosas. A fin de cuentas, estaban en la misma habitación donde el juez le había exigido que se olvidara de Claire Prentiss y se casara con Karen.

–Le he pedido a Claire que venga a Dallas con Cody. Llegarán el martes, y los llevaré a mi rancho –le informó–. Sin embargo, he pensado que podríamos quedar una noche y salir a cenar juntos.

–Tienes que casarte con ella. Cuanto antes.

–Claire no está interesada en casarse conmigo en este momento. Su abuela no se encuentra bien, y su abuelo está con respiración asistida, aunque espera que le den el alta pronto… Además, dirige una empresa con tres delegaciones y más de setenta empleados. Pero es una gran mujer, papá. Una mujer con éxito, que tiene una mansión en una de las mejores zonas de la ciudad y cuida bien de su familia.

El juez Milan estaba mirando las fotos en silencio,

como si ni siquiera hubiera escuchado las palabras de Nick. Pero, tras unos segundos, alzó la cabeza y dijo:

—Será mejor que vayas a buscar a tu madre. Se va a poner muy contenta cuando vea a su nieto… Dios mío, aún no me lo puedo creer. ¿Y dices que tiene tres años?

—Sí, en efecto.

—Es una lástima que no lo supiéramos antes…

—Ya te he explicado los motivos, papá.

Peter sacudió una mano y se limitó a insistir en que fuera a buscar a su madre. Nick asintió y, momentos más tarde, volvió con Evelyn. Entonces, el juez miró a su esposa y le pidió que se sentara a su lado.

—Nick tiene una sorpresa para nosotros –dijo, tomándola de la mano–. Es una gran noticia. Pero dejaré que te lo explique él.

Nick se lo explicó con más o menos las mismas palabras que había usado con su padre. Y Evelyn reaccionó con el mismo asombro.

—¡Un nieto! ¡Tenemos un nieto…!

Evelyn miró las fotos de Cody y sacudió la cabeza.

—Es increíble. Es igual que tú a su edad.

—Sí, supongo que tiene algo de mí y algo de su madre. Por cierto, se llama Cody Nicholas.

—¿Nicholas? Le ha puesto tu nombre… –dijo, emocionada–. Oh, Nick, no imaginas lo contenta que estoy…

—Me alegro mucho, mamá.

Una hora después, Nick se despidió de ellos. Les dejó las fotos de Cody en una tablet y quedó en que saldrían a cenar esa misma semana, cuando les viniera mejor. Pero su padre insistió en acompañarlo al coche. Cuando ya habían salido de la casa, Peter carraspeó y dijo:

–Considera la posibilidad de casarte con Claire, por favor. Puede que sea una mujer con éxito, pero no es tan rica como nosotros. Si le das el apellido de nuestra familia y le ofreces una suma suficientemente generosa, estoy seguro de que se atendrá a razones.

–Papá, ya le hice daño una vez, y no quiero volver a hacérselo. Si hubiera hecho entonces lo correcto, habría sabido que estaba embarazada y ahora no tendría este problema. Pero el pasado es el pasado… Me importa más el presente. Y no la voy a forzar para que acepte un matrimonio de conveniencia.

–No te pido que la obligues, Nick. Solo te pido que seas inteligente. Tienes un futuro político muy prometedor, y te apoyan muchas personas poderosas. No lo tires todo por la ventana… –le rogó–. Ese niño es un Milan. Es el nieto de tu madre y de mí mismo. Y no sabes la alegría que nos has dado.

–Una alegría que será mayor cuando lo conozcáis…

–No lo dudo, pero piensa en lo que te he dicho. Si os casáis, evitaréis cualquier escándalo y tu carrera no saldrá mal parada.

–Lo pensaré, papá. Entretanto, se lo diré a mis hermanos y a los padres de Karen. Aunque supongo que mamá ya está al teléfono, hablando con Madison.

Peter sacudió la cabeza.

–No, no hablará con nadie hasta consultarlo conmigo. Pero, por favor, piénsalo bien. Un matrimonio sería muy conveniente para ti.

Nick asintió y subió al coche.

–Buenas noches, papá. Estaremos en contacto.

–De acuerdo, y gracias por las fotos de Cody. ¡Tengo un nieto! Aún no salgo de mi asombro… Ardo en deseos de conocerlo a él y a su madre.

Nick arrancó y se dirigió a su domicilio de Dallas con el corazón en un puño. Su vida era un desastre. Primero, había roto con Claire; después, había perdido a Karen y a su hijo y ahora, las circunstancias lo habían puesto en una situación verdaderamente problemática.

Al llegar a su casa, habló por teléfono con Wyatt y, acto seguido, con Madison y Tony. Aún no era muy tarde, así que decidió llamar también a Claire y charlar un rato con ella. Afortunadamente, el niño seguía despierto, y tuvo la ocasión de saludarlo.

Aquella noche, mientras miraba por enésima vez las fotos de Cody, se volvió a preguntar si su carrera política era tan importante para él. No se imaginaba llevando una vida normal en el rancho. Pero, por otra parte, aquel fin de semana en Houston había cambiado muchas cosas. Y podía cambiar muchas más.

Empezando por lo que sentía por Claire.

Fuera como fuera, los reiterados pitidos del teléfono móvil contribuyeron a aliviar su preocupación. Eran mensajes de sus hermanos, que le escribían para felicitarle otra vez y para confirmar su presencia en la cena.

Al final, quedaron el sábado en su casa de Dallas. Aunque, si hubiera sido por Nick, habrían quedado esa misma noche.

El martes, Nick fue al aeropuerto a recoger a Claire y a su hijo. Habían pasado dos años desde la última vez que se había tomado un día libre, y los miembros de su equipo no estaban acostumbrados a estar sin él. Pero tendrían que acostumbrarse.

Al ver a Claire, se le hizo un nudo en la garganta. Estaba tan sexy que parecía una modelo de pasarela. Llevaba abrigo negro, pantalones del mismo color y zapatos de tacón alto. El frío viento de diciembre jugaba con su cabello y empujaba mechones contra su cara, acariciándosela. De no haber sido por la criatura de parka azul que caminaba a su lado, la habría tomado entre sus brazos y la habría besado hasta dejarla sin aliento.

–Me alegro mucho de veros –dijo a Cody con una gran sonrisa.

El niño sonrió y le dio un abrazo.

–He estado contando los minutos… –continuó él.

–Y Cody –intervino Claire–. Aunque se ha divertido mucho en el avión. Nunca había subido a uno. No viajamos con frecuencia… Es una de las cosas malas de mi negocio. No me deja demasiado tiempo.

–Estás preciosa, Claire.

–Gracias… Pero, antes de que lo olvide, mi abuela me ha pedido que te agradezca la invitación. Se llevó una alegría cuando la llamaste por teléfono para invitarla a la reunión familiar.

–Estoy deseando que conozca a los míos.

–¿Qué tal se lo tomó tu padre? ¿Bien?

Nick rio.

–Bueno, fue más fácil de lo que pensaba. Usé tu mismo truco y le enseñe una foto de Cody para acallar cualquier protesta inicial… Están encantados con ser abuelos. Creo que no los había visto tan felices en toda mi vida. Y arden en deseos de conoceros.

Ella se limitó a asentir.

–Si te parece bien, podríamos pasar por su casa a saludarlos. Solo será un momento. Te prometo que no nos quedaremos.

Claire respiró hondo.

–Como quieras, Nick. A fin de cuentas, hemos venido a conocer a tu familia… Tienen todo el derecho. Son los abuelos de Cody.

–Gracias, Claire.

Nick los llevó a la limusina que estaba esperando en el exterior, y Cody se mostró tan interesado en el enorme y moderno vehículo como la primera vez. Pero fue un trayecto breve y, al llegar a su destino, descubrieron que los padres de Nick los estaban esperando en la entrada.

–Claire, te presento a mis padres, Peter y Evelyn Milan. Mamá, papá… os presento a Claire Prentiss y a nuestro hijo, Cody Nicholas.

Cody los saludó con timidez y, tras dar un beso a Evelyn, ofreció una mano a su abuelo, para estrechársela. Nick sabía que su padre se quedaría impresionado.

Entretanto, Evelyn se acercó a Claire y la abrazó.

–Este uno de los días más felices de nuestras vidas –le confesó.

–También lo es para Cody –dijo Claire–. Al fin y al cabo, sois sus abuelos…

Peter le estrechó y dijo:

–Bienvenida a la familia.

–Muchas gracias…

–Te parecerá increíble, pero Cody es igual que Nick a su edad –intervino Evelyn.

–¿Y solo tiene tres años? –preguntó su esposo–. Es sorprendente, se comporta como si fuera mayor.

–Es porque está acostumbrado a vivir con adultos –explicó Claire.

–Bueno, será mejor que entremos en casa… –dijo el juez–. Tengo entendido que ahora diriges el negocio de tu abuelo, y que lo has convertido en una gran empresa.

A Nick no le extrañó la actitud de su padre. Sabía que podía ser encantador cuando lo necesitaba. Pero se preguntó si habría reaccionado de un modo tan positivo si el niño se hubiera parecido más a los Prentiss y menos a los Milan.

Momentos después, se sentaron en una de las salitas menos formales de la mansión. Y Nick supo que sus padres la habían elegido pensando en Cody, porque siempre había sido un lugar a prueba de niños.

–Tenemos un regalo para ti, Cody –dijo Evelyn.

La matriarca de los Milan alcanzó una caja envuelta en papel de regalo y se la dio al pequeño, que miró a su madre para saber si la podía abrir.

–Adelante…

El niño abrió la caja a toda prisa y sacó lo que resultó ser un juego de magia.

–¡Mira, mamá…! –dijo, entusiasmado–. Muchas gracias, señora.

–No hay de qué.

Cody se giró hacia su abuelo y añadió:

–Gracias, señor.

El juez sonrió al pequeño y, tras pedirle que se acercara, lo miró a los ojos.

–Sé que nos acabamos de conocer, pero no es necesario que nos hables con tanta formalidad. Somos tus abuelos, y nos puedes hablar como a tales.

–Sí, señor.

–Bueno, ya hablaremos más tarde de los tratamientos –intervino Nick con humor–. ¿Por qué no vas a jugar con tu juguete nuevo?

Cody estuvo jugando mientras los adultos charlaban. Entonces, Nick le pidió que guardara el juego en su caja y, tras las despedidas oportunas, volvió con él y con su madre al coche.

–Parece que tus padres están tan contentos con Cody como mi propia familia –declaró Claire cuando se pusieron en marcha.

–Sí, y te aseguro que su alegría es sincera. A decir verdad, no esperaba que reaccionaran tan bien. Decidamos lo que decidamos, Cody y tú ya os habéis ganado un puesto en mi familia… Así que espero que los Milan te gusten.

–Bueno, conozco a Madison y me cae bien. Pero no conozco ni a Tony ni a Wyatt.

–Wyatt le gusta a todo el mundo; es tranquilo, aunque no tanto como antes de casarse. Y también te gustará Tony –afirmó.

–¿Y Cody? ¿Lo recibirán tan bien como tus padres?

–¿Bromeas? Por supuesto –contestó–. Si hasta ha conseguido impresionar a mi padre... Está encantado con él.

–Será por ese juego de magia –bromeó ella.

–Oh, Claire, no sabes cuánto me alegro de que hayáis venido. Os llevaré a mi casa, comeremos allí y, después, volaremos a mi rancho. Incluso podemos ir a Verity y comprar ropa de vaquero a Cody. No tiene botas, ¿verdad?

–No, y le gustaría tenerlas –dijo–. Estás siendo muy bueno con él. Y haces lo correcto.

–Espero acertar tanto con su madre...

–No lo estás haciendo del todo mal –admitió.

A pesar de sus palabras, la voz de Claire sonó algo sombría, como si prefiriera que no se esforzara tanto por gustarle. ¿Seguiría enfadada con él? ¿O solo intentaba impedir que su amistad se convirtiera en amor?

Desgraciadamente, no tenía forma de averiguarlo. Claire se había vuelto muy reservada, y su falta de comunicación podía ser un problema en esas circunstancias, porque estaba convencido de que su padre insistiría en que contrajeran matrimonio.

Cuando llegaron a su casa, Nick se la enseñó. Era ligeramente más grande que la mansión de Claire. Tenía un jardín con fuentes y árboles altos, un patio espacioso y una piscina en la parte trasera.

–No te preocupes por la piscina. Como ves, he instalado una verja a su alrededor... y, para más seguridad, también he puesto un sistema de alarma. Si algo se acerca a menos de un metro, la alarma salta y arma un estruendo de mil demonios. No hay posibilidad alguna de que Cody se caiga y no nos demos cuenta.

Claire miró la piscina y, a continuación, a Nick.

–Gracias por tomarte tantas molestias. Sé que a veces estará contigo, y ahora me siento más segura.

–No quiero que te preocupes por eso. Lo cuidaré bien.

–¿No tienes ningún empleado? En la casa, quiero decir.

–Sí, pero les he dado la semana libre porque nos vamos al rancho. Estarán de vuelta el sábado, cuando regresemos –le explicó–. De hecho, mi cocinero y mi ama de llaves están allí.

–Comprendo…

–Y ahora, ¿qué te parece si degustamos la comida que nos han dejado?

–Me parece perfecto.

Nick los llevó a la cocina de la mansión, donde Claire frunció el ceño.

–¿Ocurre algo? –preguntó él.

–Es una tontería, pero necesitarías una silla alta para el niño, como la que tengo en mi casa –contestó.

–Lo sé. He llamado a mi secretaria y le he pedido que encargue una igual.

–Vaya, veo que estás en todo… –dijo, sonriendo.

Él se encogió de hombros.

–Solo intento cooperar contigo y facilitarte las cosas. Más o menos, lo mismo que tú has hecho por mí… Gracias, Claire. Aprecio mucho tu actitud.

Nick le dio un abrazo, que solo intentaba ser cariñoso. Pero, en el momento en que sintió su cuerpo y el exótico perfume que llevaba, se excitó. Tuvo que echar mano de toda su fuerza de voluntad para refrenarse. Sabía que si, la besaba, Claire se volvería a sentir insegura. Y eso iba en contra de sus intereses.

Rápidamente, la soltó y dijo:

–¿Lo estoy haciendo bien?

Ella lo miró con extrañeza.

–¿Qué quieres decir?

–Exactamente lo que he preguntado. Quiero que estés contenta, pero no sé si lo consigo…

Ella sonrió.

–Sí, claro que sí.

Nick se sintió mejor al instante.

–Bueno, comamos antes de que Cody empiece a protestar.

–Dudo que tenga hambre hasta dentro de una hora, por lo menos. Tiene ese juego de magia, y los juguetes le interesan más que la comida.

Nick asintió, aunque sus pensamientos no estaban precisamente en la conversación sobre el niño. Ansiaba besarla, y sabía que ese deseo se volvería más acuciante durante los días posteriores, cuando estuvieran en el rancho.

Hasta entonces, había conseguido resistirse a sus encantos. Pero, ¿podría resistirse cuando estuvieran juntos todo el día?

Capítulo Ocho

Claire contempló el paisaje por la ventanilla del avión. Verity no estaba tan lejos de Houston, pero los vientos dominantes eran del sur y provocaban una vegetación escasa, de zona casi desértica.

Al cabo de unos momentos, se giró hacia los dos hombres de su vida, que se estaban divirtiendo con el juego de magia. Se llevaban mucho mejor de lo que habría imaginado nunca. De hecho, todo estaba saliendo mejor de lo que había imaginado. Y, en esas circunstancias, hasta podía entender que el juez Milan insistiera en que se casara con ella. Desde luego, era lo más adecuado para la carrera política de su hijo.

Sin embargo, Claire no estaba tan preocupada por eso como por lo que sentía por Nick. Cada vez que la rozaba o la tomaba entre sus brazos, se quedaba sin aliento. Hasta el más inocente de los contactos físicos desbocaba su corazón. Y seguía convencida de que acostarse con él solo serviría para empeorar sus problemas.

—Eso es Verity —dijo Nick.

Claire se volvió a girar hacia la ventanilla y admiró la localidad. Ya había estado una vez, cuatro años antes, pero solo habían pasado de camino al rancho.

En poco tiempo, se encontraron en el coche de

Nick atravesando unas calles llenas de luces y adornos navideños. Pero Nick no los llevó directamente al rancho; en lugar de eso, detuvo el vehículo en la parte trasera de la oficina del sheriff y los invitó a entrar.

Segundos más tarde, apareció un hombre de ojos azules y cabello castaño que, por su aspecto, solo podía ser Wyatt Milan. De hecho, se parecía mucho a su hermano; pero sus rasgos eran bastante más duros.

–Encantado de conocerte, Claire –dijo con una gran sonrisa–. Nick me ha contado muchas cosas de ti y de Cody, mi sobrino.

Wyatt miró al pequeño y le estrechó la mano. Cody se había quedado maravillado con su uniforme.

–Cody, te presento a tu tío Wyatt –dijo Nick–. Es el sheriff de la localidad.

–Guau…

–¿Quieres echar un vistazo? Te enseñaré las celdas, si quieres.

Cody asintió, entusiasmado.

–Bueno, estoy segura de que la visita a las celdas de una comisaría es un acontecimiento especial –ironizó Claire–, pero creo que os dejaré solos y aprovecharé para hacer unas compras. Llámame si necesitas algo, Nick.

–Descuida.

–Wyatt, ¿sabes dónde hay una tienda de ropa vaquera?

–Prueba en The Plaza, aunque no se puede decir que sea especialista en ropa de mujer… –Wyatt miró a uno de sus ayudantes en busca de ayuda–. ¿A ti qué te parece, Dwight? ¿Se te ocurre algún sitio mejor?

–No, ese está bien –contestó su ayudante–. Y el Dorothy's.

–Pues ya lo sabes –dijo Wyatt, sonriendo–. Dwight te dirá dónde están… Cuando termines, reúnete con nosotros en el bar que está al otro lado de la calle, junto al hotel. Invitaré a Cody a tomar un refresco. Si no tienes objeción, por supuesto.

–Por supuesto que no.

Tras hablar con Dwight, Claire se fue de compras. Y cuando llegó el momento de elegir unos vaqueros, los eligió pensando en el efecto que tendrían sobre Nick. De hecho, se dejó llevar por un impulso y se compró también una camisa.

Una hora más tarde, entró en el bar que Wyatt le había indicado y los descubrió sentados a una mesa. En cuanto la vieron, los dos hombres y el niño se levantaron educadamente.

–Por favor, sentaos… –dijo ella–. Veo que todos estáis tomando refrescos.

–¿Quieres uno? –pregunto Nick.

–No, pero gracias de todas formas.

–¡Mira, mamá! El tío Wyatt me ha regalado una placa de sheriff…

Cody le enseñó la placa dorada, que evidentemente no era oficial. Solo era una imitación para niños.

–Qué suerte. Le habrás dado las gracias, ¿verdad?

–Sí, claro –replicó.

Ella miró a Wyatt y sonrió.

–Tengo la sensación de que ya te ha puesto en su lista de familiares preferidos.

–Eso espero.

–Y papá me ha comprado botas y un sombrero tejano.

–Pues estarás perfecto con las botas, el sombrero y la placa de sheriff…

Estuvieron charlando durante más o menos media hora, hasta que Nick echó hacia atrás la silla y dijo:

–Creo que ha llegado el momento de que nos vayamos al rancho.

Tras las despedidas, subieron al coche y salieron de Verity en dirección sur. Poco después, Nick salió de la carretera principal y tomó un camino de tierra.

–¿Vienes muy a menudo? –preguntó Claire.

–¿Al rancho? No, no tengo mucho tiempo. Pero adoro este lugar, y pienso retirarme aquí cuando deje la política. Los Milan estamos hechos para los ranchos. A Wyatt le encanta el suyo, y Tony es incapaz de alejarse de sus tierras…

–¿Y Madison?

–No es una excepción. Vive en un rancho con su marido, Jake Calhoun; pero, antes de que se casara con él, vivía en el rancho de la familia –contestó–. Como ya te he dicho, todos adoramos la vida de vaquero.

–En ese caso, deberías venir con más frecuencia. Si no tienes tiempo para hacer lo más fácil, que es lo que más te gusta, ¿cómo lo vas a tener para Cody?

Él le lanzó una mirada de preocupación.

–No te preocupes, Claire. Te prometo que Cody estará en lo más alto de mi lista de prioridades –dijo, muy serio.

Ella asintió y admiró su barbilla, sus marcados pómulos y sus largas pestañas. Nick era el más guapo de los Milan; al menos, de los Milan que conocía. Y, probablemente, también era el hombre más atractivo que había visto jamás.

¿O solo estaba cegada por lo que sentía por él?

Claire no podía estar segura, pero de repente tuvo calor y se abrió el abrigo para refrescarse un poco. Entonces, rozó el collar de perlas que Nick le había regalado y dijo:

—Es un collar precioso. Gracias otra vez.

—No es más que un gesto de agradecimiento tardío por haberme dado a Cody. Mereces mucho más que eso.

—¿Más que un collar de diamantes? Debe de valer una fortuna...

—Sí, mucho más.

Justo entonces, Nick detuvo el vehículo.

—Ya hemos llegado —anunció—. Venid... Os enseñaré vuestras habitaciones. Recogeremos nuestras cosas más tarde.

Nick los hizo entrar por la cocina, una sala grande que estaba equipada con los electrodomésticos más modernos. Junto a la pila, esperaba un hombre alto y de cabello blanco que sonrió al verlos.

—Claire, te presento a Douglas Giroux, mi cocinero. Zelda, su esposa, es mi ama de llaves. Hace tiempo que trabajan para mí... Normalmente, están en Dallas. Pero les pedí que vinieran unos días al rancho —dijo Nick—. Douglas, te presento a Claire Prentiss y a mi hijo, Cody.

—Es un placer, señorita —dijo Douglas—. Espero que disfrute de su estancia.

–¿Qué has preparado? Huele muy bien… –observó Nick.

–Ah, eso no es para hoy. Lo estaba preparando para congelarlo y servirlo otro día –explicó–. Esta noche tenemos faisán a la crema con espárragos y patatas.

–Suena de lo más apetecible –observó Claire.

Nick la tomó del brazo y la llevó por un pasillo. Como en otras ocasiones, solo fue un contacto inocente; pero Claire se estremeció. Segundos después, llegaron a un dormitorio muy grande, de muebles blancos. La habitación de Cody estaba al lado y, cuando vio el enorme oso de peluche que estaba en la cama, se quedó boquiabierto.

–Es para ti –dijo Nick, sonriendo.

–¡Gracias!

–Mi habitación está al final del pasillo –explicó a Claire–. Si quieres verla…

Ella sacudió la cabeza. Necesitaba estar sola. Necesitaba tiempo para expulsar a aquel hombre maravilloso de sus pensamientos.

–No, gracias. Será mejor que deshaga el equipaje.

Después de cenar, Nick estuvo jugando un buen rato con Cody. Pero la presencia de su hijo no impedía que deseara más que nunca a Claire. Al fin y al cabo, estaban en un lugar donde habían hecho muchas veces el amor. Se recordaba con ella, desnudos, besándose. Y ardía en deseos de repetir la experiencia.

Sin embargo, eso no era tan inquietante como las dudas que lo empezaban a asaltar. Hasta ese momento, nunca se había planteado la posibilidad real de dejarlo todo y marcharse al rancho. No se la había planteado tras la muerte de Karen y, desde luego, tampoco durante su matrimonio. A su difunta esposa no le gustaba el campo; prefería la ciudad, al igual que Evelyn, y a él le parecía bien.

Pero, de repente, la idea de vivir allí con Claire y Cody le resultaba enormemente atractiva.

Tras acostar al niño, Claire volvió al salón y se sentó con él en el sofá. Llevaba un jersey rojo y unas mallas del mismo color que se ajustaban tentadoramente a sus curvas. Nick quiso desatarle el pañuelo con el que se había recogido el pelo, pero se contuvo.

—Cody se ha quedado dormido. Ha sido un día emocionante para él… Su primer vuelo en avión, sus primeras botas camperas y su primer sombrero. Por no mencionar que ha conocido a un sheriff de verdad y a sus abuelos por parte de padre.

Nick la tomó de la mano y se la acarició.

—Espero que tú estés igualmente emocionada…

Claire se preguntó qué habría querido decir, pero guardó silencio.

—Te estás portando muy bien conmigo, Claire. ¿Qué te parece si salimos por ahí cuando vuelvas a casa? Pase lo que pase, quiero ser amigo tuyo. Déjame que te lleve a cenar… En plan simplemente amistoso.

Ella intentó sonreír.

—Es una propuesta muy tentadora, pero deberíamos evitar ese tipo de veladas. Ahora estamos viviendo en una especie de limbo sin problemas ni más preocupación que el objetivo de que Cody y tú os conozcáis mejor. Pero tenemos que tomar decisiones muy importantes. Y, aunque Cody estará contento con cualquier cosa, no se puede decir lo mismo de nosotros. Tenemos vidas distintas, y vivimos en sitios distintos.

–Lo sé, pero…

–¿Sí?

–¿No te has parado a pensar que nos podríamos enamorar otra vez?

A ella se le encogió el corazón.

–Tú estás ocupado con tu carrera y yo, con la mía y con mi familia –replicó a toda prisa–. No creo que salir juntos cambie las cosas, Nick. De hecho, estoy convencida de que, cuanto menos nos veamos, más posibilidades tendremos de que esto salga bien.

Claire escudriñó sus penetrantes ojos azules, consciente de que Nick no estaba acostumbrado a rendirse. Pero, aunque era obvio que su respuesta no le había gustado, reaccionó con aparente normalidad.

–Bueno, si eso es lo que opinas… Ni tú ni yo queremos que nos vuelvan a romper el corazón. Pero, sinceramente, no creo que salir por ahí nos lleve a eso. Aunque quizá sea porque estoy tan contento que lo veo todo de color de rosa.

–Y yo me alegro por ti. Pero tenemos que afrontar la realidad.

Él asintió.

–Está bien. Sin embargo, me gustaría ver a Cody la semana que viene. Elige el día que prefieras. Puedo reservar habitaciones en un hotel y llevarlo conmigo o pasar a recogerlo por tu casa y dar una vuelta con él. Lo que te venga mejor.

–De momento, prefiero lo segundo. Tendremos que llegar a un acuerdo de carácter más permanente, pero es demasiado pronto.

–Muy bien. En ese caso, llegaré el martes y me alojaré en un hotel. Te aseguro que apenas me verás.

–Creo que es lo mejor.

Él tragó saliva.

–¿Te apetece beber algo? Yo me voy a tomar una cerveza.

–Solo un vaso de agua, gracias.

Nick se marchó a buscar las bebidas y, cuando volvió, vio que Claire estaba mirando las fotografías familiares del salón.

–¿Es cierto lo de la leyenda? –preguntó ella.

–¿Que leyenda?

–La que me contaste una vez, hace años. Dijiste que los Milan se tenían que dedicar a algún campo del Derecho porque, de lo contrario, vuestra familia sufriría un desastre.

–Nadie sabe qué tipo de desastre. Y, a decir verdad, tampoco sabemos de dónde salió la leyenda. Pero, ni mis hermanos ni yo elegimos nuestros trabajos por la leyenda familiar, sino por influencia de nuestro padre.

–Sin embargo, todos estáis en el mismo sector. Hasta tu hermano pequeño.

–¿Tony? Sí, bueno… Tony solo fue abogado durante diez minutos. Terminó la carrera, trabajó brevemente en un bufete y se volvió al rancho, que es lo que le gusta. No creo que esa leyenda tenga el menor fundamento. De hecho, Madison es pintora y no ha provocado ningún desastre, hasta donde yo sé.

–Me alegro de saberlo. Tenía miedo de que presionaras a Cody para que se hiciera abogado –le confesó.

–De ninguna manera. Quiero que Cody haga lo que le guste, y sobra decir que no lo voy a presionar en ningún sentido. Especialmente, por una leyenda absurda –declaró–. De hecho, sospecho que se la inventó un Calhoun para causarnos problemas a los Milan.

Ella sonrió.

–Ah, la vieja discordia entre los Milan y los Calhoun… ya no me acordaba.

–Eso es agua pasada. Madison se casó con un Calhoun y Wyatt, con otra. Pero tendrás ocasión de conocerlos el sábado por la noche, cuando nos reunamos. La única disputa que sigue viva es la de Tony con su vecina. Se llevan como el perro y el gato.

–Estoy deseando que llegue el sábado. Wyatt se ha metido a Cody en el bolsillo… La placa de sheriff le ha gustado tanto que se quería acostar con ella, pero se lo he prohibido porque se podría pinchar.

–Es lógico. Wyatt es sheriff. Cualquier niño pensaría que un tiene un trabajo maravilloso… Mucho más interesante que los nuestros.

–Eso es cierto.

–Vaya, por una vez me has dado la razón…

Ella soltó una carcajada.

–Será por este sitio. Es tan bonito que me dejo llevar –dijo en tono de broma–. No me extraña que te guste tanto.

Él la miró con una extraña intensidad, y ella supo que se había buscado un problema.

Nick ya no se podía resistir. Llevaba todo el día

intentando controlarse, y empezaba a perder la batalla, flaqueaba.

–Claire…

–¿Sí?

–Ha sido un día tan maravilloso… Discúlpame, pero tengo que abrazarte.

Nick se giró hacia ella, la alcanzó y la sentó en su regazo. Claire le puso las manos en el pecho, como si quisiera empujar para apartarse; pero no ejerció ninguna presión.

–Nick, estás cometiendo un error…

Él le pasó un brazo alrededor de la cintura y, por fin, se rindió a la tentación y asaltó su boca. La besó con pasión, con energía, con todo el hambre que había acumulado desde que la vio bajar del avión. Y ella le devolvió el beso del mismo modo, con el corazón desbocado.

Durante unos momentos, desaparecieron la amargura de su antigua relación y las preocupaciones de la nueva. No eran más que un hombre y una mujer que se gustaban; un hombre y una mujer que se deseaban; un hombre y una mujer que querían sentirse vivos y dar y recibir afecto.

Nick sabía que estaba provocando una situación potencialmente desastrosa, pero no podía dejar de besarla. Lo anhelaba de tal manera que la habría besado toda la noche. Quería abrazarla, seducirla, hacerle el amor.

¿Cómo había llegado a ese punto? Durante años, se había cerrado al mundo exterior y se había concentrado en cuerpo y alma en el trabajo. Pero Claire volvía a estar en su vida, y lo había cambiado todo con su presencia.

Intentó recordarse que se podían hacer mucho daño, mucho más del que se habían hecho la primera vez. Lo intentó y fracasó, porque Claire era demasiado tentadora, demasiado excitante, demasiado dulce. Y, por otro lado, ¿qué era la vida sin amor? Nada, solo un cascarón vacío, sin sentido alguno. Además, no podía cambiar el pasado; pero podía cambiar el presente y lograr que mereciera la pena.

Convencido al fin, le acarició el cuello y cerró la mano sobre uno de sus senos. Después, le desabrochó varios botones de la blusa, introdujo los dedos por debajo de la tela y la acarició hasta que el pezón se puso duro. Claire no se resistió, de modo que Nick fue más lejos y, tras desabrocharle el sostén, tocó sus lujuriosas curvas con suma delicadeza.

Ella gimió y se frotó contra su cuerpo.

–Nick…

Él la volvió a besar y le acarició el cabello.

–Nick, espera. Si sigo así, ya no me podré detener –dijo, casi sin aire–. Esto no entraba en mis planes. Y creo que tampoco entra en los tuyos.

–Es posible, pero te deseo –alegó–. ¿Recuerdas los buenos tiempos? ¿Recuerdas lo bien que nos lo pasábamos?

–Sí, claro que lo recuerdo. Pero no vamos a tomar ese camino. Las cosas son demasiado complicadas… Tenemos que poner fin a esta locura.

Claire se levantó y se empezó a abrochar los botones. Nick también se puso en pie.

–Quiero hacer el amor contigo toda la noche. Siempre nos llevamos bien en la cama. Y no pasará nada por hacerlo una vez. No nos enamoraremos solo por eso.

Ella lo miró a los ojos.

–¿Lo dices para convencerme a mí? ¿O para convencerte a ti mismo? No, Nick. Nos hicimos mucho daño, y no quiero que nos lo volvamos a hacer.

Nick no se dio por vencido. Le puso las manos en las mejillas, le inclinó la cabeza y la besó con la misma pasión que antes.

–Maldita sea, Claire, te deseo…

Claire se dejó llevar una vez más. Pero había tomado una decisión, y al cabo de unos instantes, recuperó el aplomo y se apartó de él.

–Es mejor que pongamos fin a la velada. Esto ha sido un error –dijo.

–Pero nadie ha salido mal parado. No ha cambiado nada –replicó Nick, aunque tenía la sensación de que su vida había cambiado para siempre–. Y no me arrepiento de haberte besado… Por primera vez en mucho tiempo, vuelvo a sentirme vivo. Estaba en un pozo oscuro, y tú me has sacado de él.

–Me voy a mi habitación. Es mejor así.

–No, por favor… Siéntate un rato. Hablemos –le rogó–. Me sentaré al otro lado de la habitación si te sientes más tranquila.

Ella sacudió la cabeza, pero le concedió el deseo y se sentó a una distancia prudencial.

Durante la hora siguiente, mientras Nick hacía esfuerzos por imponerse a su libido, hablaron de sus familias y de lo que habían estado haciendo durante los años anteriores. Él se comportó de forma encantadora y mantuvo la conversación en terrenos absolutamente inocentes, para tranquilizarla. Y lo consiguió.

Ya era tarde cuando Claire se levantó del sofá.

—Me voy a la cama. Estoy agotada… Buenas noches.

—Yo también me voy a acostar.

Nick la acompañó a la puerta de su habitación, donde dijo:

—Me alegra que hayáis venido al rancho. Hoy ha sido un buen día.

—Ojalá que los siguientes sean tan buenos.

Él se inclinó y la volvió a besar. Pero rompió el contacto rápidamente.

—Que duermas bien, Nick. Nos veremos por la mañana.

—Hasta mañana entonces…

Nick se fue a su habitación y, mientras se desnudaba, se preguntó si sería capaz de conciliar el sueño. La respuesta llegó al cabo de unos minutos, cuando se tumbó en la oscuridad y se sorprendió más despierto que nunca.

Cada vez que cerraba los ojos, se acordaba de Claire y de sus besos.

Capítulo Nueve

Claire renunció a dormir. Estaba demasiado excitada. Se repetía una y otra vez que besar a Nick era una forma segura de complicarse la vida. Se decía que el deseo era una complicación innecesaria. Se intentaba convencer de que el sexo destrozaría su intención de superar su pasado y establecer una buena relación en el presente. Pero habría dado cualquier cosa por volver a estar entre sus brazos.

Además, ya no se engañaba a sí misma. Los besos de aquella noche demostraban sin lugar a dudas que su antigua pasión estaba lejos de haber desaparecido. Ni él ni ella lo podían negar. Y eso lo cambiaba todo.

¿Cómo iba a sobrevivir a su estancia en el rancho? ¿Sería capaz de estar con él sin caer más tarde o más temprano en la tentación?

No lo sabía. Ni siquiera sabía si sobreviviría a la larga y solitaria noche que tenía por delante.

Después de ducharse, Claire se puso unos vaqueros, un camiseta negra y unas zapatillas de tenis. Cody seguía dormido y, cuando ella bajó a la cocina, descubrió que Nick había preparado café y unas tostadas.

Al verlo, su corazón se aceleró. Llevaba una cami-

116

sa que enfatizaba sus anchos hombros y unos vaqueros que hacían lo mismo con sus largas piernas. No podía estar más sexy.

–Buenos días –dijo.

Él se giró y sonrió.

–Buenos días. Estás muy guapa esta mañana…

Nick la miró con deseo, y Claire retrocedió.

–Voy a llevar a Cody a montar, si te parece bien. ¿Quieres venir con nosotros?

–Por supuesto. No quiero perderme su primera experiencia con los caballos. Haré un montón de fotografías.

–¿Sigue dormido?

–Como un tronco.

–Ah, si necesitas ir a la ciudad o comprar alguna cosa, házmelo saber. Este sitio es muy tranquilo, y me temo que no tiene muchas diversiones.

–Sinceramente, me encantan los sitios tranquilos –afirmó ella–. Y hoy no se me ocurre nada mejor que hacer fotografías de Cody. Va a ser un día muy especial para él.

–Y para mí, en varios sentidos… –Nick se acercó y le acarició el cabello–. Había olvidado lo mucho que me gusta el rancho. He venido poco últimamente.

–Trabajas en exceso, Nick. Tienes que divertirte de vez en cuando. Tomarte las cosas con más calma.

Él volvió a sonreír.

–Sí, hay cosas que me gustaría hacer con mucha calma…

–¿Qué tipo de cosas? –preguntó, sabiendo que estaba jugando con fuego.

Nick dio un paso adelante.

–Cosas como besarte.

Claire abrió la boca para decir algo, pero él se la cerró con un beso. Y, cuando se apartó de ella, estaba tan excitada que se abanicó la cara con una mano y dijo:

–Guau… Menuda forma de empezar el día.

–De una de las mejores formas posibles, creo yo.

–No quiero ni pensar cuáles son las otras. Será mejor que me refresque las ideas con un zumo de naranja.

–Cobarde… –se burló él.

Nick le sirvió el zumo de naranja y, a continuación, se ofreció a prepararle una tortilla o cualquier otra cosa.

–No, gracias. Puedo prepararme mi propio desayuno.

–Lo sé, pero yo me estoy haciendo una, y mira lo que tiene…

Ella se acercó y vio que no era una tortilla normal y corriente, sino una con champiñones, cebolla, pimiento, espárragos, ajo y unas hojas de espinaca.

–Reconozco que tiene buena pinta.

Nick sonrió.

–Entonces, ¿quieres que te prepare una? ¿O no?

–Sí, por favor. Y con un poco de todo. Si te sientes capaz, claro.

–Desde luego que sí.

Salieron a montar a media mañana. Claire sacó muchas fotografías de Cody, que estaba entusiasmado. Se había puesto su ropa nueva, y parecía un vaquero a lomos del gran caballo donde lo llevaba su padre.

En cuanto al propio Nick, estaba tan sexy que ella se preguntó si la volvería a besar aquella noche. La idea la incomodaba mucho, pero lo deseaba con todas sus fuerzas. Cuanto más tiempo pasaba con él, más lo anhelaba. Y era consciente de que eso no la ayudaría a ver las cosas de un modo objetivo.

–Es obvio que te has ganado a Cody por completo. A sus ojos, eres el padre más maravilloso de la Tierra.

–Espero que tengas razón. Aún me siento un poco inseguro, pero me lo estoy pasando a lo grande –le confesó–. Y ya verás cuando descubra lo que puede hacer un caballo… ¿Ha estado alguna vez en un rodeo?

Ella sacudió la cabeza.

–No.

–Bueno, eso tiene remedio. Le llevaré a ver uno.

–Para él, será como la guinda de la tarta…

Aquella noche, después de cenar, Nick se llevó a Cody a uno de los cercados para que viera a los vaqueros que estaban practicando con sus monturas. Cuando volvieron a la casa, el niño no podía hablar de otra cosa. Y cuando le dijo que su padre había montado en un caballo sin domar, Claire miró a Nick con sorpresa.

Nick sonrió tímidamente y ella volvió a pensar que, en el fondo, no era más que un vaquero. De no haber sido por la leyenda de su familia y su tradición profesional, habría elegido vivir en un rancho.

–Cody, ha llegado la hora de que llames a Verna y te acuestes. De lo contrario, mañana estarás muy cansado y no podrás hacer más cosas.

–Sí, mamá.

Claire marcó el número de su abuela y la puso con el niño. Después, acostó a Cody, le leyó un cuento y, en cuanto se quedó dormido, salió del dormitorio y volvió con Nick, que se sentó con ella en el sofá del salón.

–Enséñame las fotografías que has hecho hoy. Ya sabes que querré copias…

Claire sonrió.

–Esta noche te has apuntado otro tanto con Cody. Está verdaderamente impresionado.

–Lo sé, pero no te preocupes por su seguridad. Le he dicho que no se acerque a los caballos si no está conmigo o con Dusty Macklin, mi capataz. Dusty ha criado a cinco niños, así que sabe cómo tratarlos… Le confiaría a Cody sin dudarlo un momento. Aunque no me separaré de él cuando esté aquí.

–Me alegro de saberlo, porque un rancho es un sitio peligroso. Y no solo por las reses, sino por las serpientes de cascabel.

–Descuida. Está a salvo –le aseguró–. Y ahora, enséñame las fotografías.

Claire se las enseñó, y se dedicaron a verlas entre risas y comentarios al respecto hasta que él cambió de conversación.

–Estaba pensando una cosa. Falta poco para las Navidades y, aunque sé que querrás estar con tus abuelos, no quiero que mi familia se sienta excluida. ¿Qué te parece si las celebramos aquí y llamamos a mis padres? Sobra decir que Verna está invitada. Y si tu abuelo se siente con fuerzas, también.

–No se si será posible, pero te propongo un plan alternativo. Cody y yo pasaremos la mañana de Navidad con mis abuelos y, si el tiempo lo permite, os iremos a ver por la tarde.

–¿Y si tu abuelo no puede viajar?

–En ese caso, podéis venir a Houston. Estaríamos encantados.

–Bueno, de todas formas, no es necesario que lo decidamos en este momento –declaró él–. Pero, ya que estamos en el rancho, ¿qué te parece si mañana buscamos un árbol y lo decoramos? Hay una caja con adornos en el ático.

–Me parece una gran idea. A Cody le gustaría.

–Pues no se hable más…

Claire lo miró y pensó que Nick era más feliz en su rancho que en ninguna otra parte.

–Es obvio que adoras este lugar, Nick. Deberías venir más a menudo.

–El rancho es mi primer amor. A veces, envidio a Tony… Pero no puedo dejar en la estacada a mi padre. Ha sido muy bueno conmigo. Me ha ayudado mucho y, por otra parte, tampoco voy a negar que la política es una de mis debilidades.

–Pero esto te gusta más –afirmó.

–Sí, es cierto.

–¿Y vas a renunciar a lo que te gusta por satisfacer al juez?

–Has crecido en una familia que se dedica a los negocios, Claire. ¿Habrías elegido el sector inmobiliario si no te sintieras obligada con tus abuelos?

Ella tardó unos segundos en responder. La pregunta de Nick era tan pertinente que la dejó desconcertada.

–No, supongo que no… –admitió–. A decir verdad, quería ser diseñadora de interiores. Me gusta tanto que a veces ayudo a los clientes a decorar sus casas, para que las puedan vender con más facilidad.

–¿Lo ves? No somos tan distintos.

–No, no lo somos. Sin embargo, eso no cambia lo que he dicho antes. Se nota que en el rancho eres más feliz… Ya no estás pegado constantemente a tu teléfono móvil.

–Porque lo apagué y lo dejé en la cocina –dijo él, encogiéndose de hombros–. En cualquier caso, tengo intención de vivir aquí cuando me jubile.

–¿Cuando te jubiles? Para entonces, habrás desperdiciado casi toda tu vida.

Él arqueó una ceja.

–No me digas que te preocupas por mí…

–No es que me preocupe. Es que…

Claire no terminó la frase. Nick la sentó entonces en su regazo y le dio un beso tan intenso que ella se olvidó de todo lo demás. Había llegado a un punto sin retorno, y ya no se podía resistir a los encantos de aquel hombre. De hecho, llevó las manos a su camisa y se la desabrochó rápidamente, ansiosa por sentir su piel.

Sin dejar de besarla, él se desprendió de la prenda y, a continuación, le quitó la camiseta sin contemplaciones.

–Nick… –dijo ella, en un conato de protesta.

Nick la besó de nuevo. Después, le desabrochó el

sostén, lo dejó a un lado y le acarició los senos una y otra vez, excitándola cada vez más.

Claire pensó que no debía permitirlo. Cada caricia y cada beso complicaban la situación y la acercaban a otro desastre emocional. Pero el deseo se llevó por delante su cautela, hasta el punto de que no hizo nada cuando él la tomó en brazos y la llevó al dormitorio.

Una vez allí, se liberó de sus temores y empezó a explorar el cuerpo de Nick, poniendo en práctica algunas de las fantasías con las que había coqueteado durante tantas noches. Le pasó las manos por la espalda, las llevó a su estrecha cintura y le quitó el cinturón. Notaba su erección bajo la tela, y ardía en deseos de tocarla.

Sin embargo, Nick se adelantó a sus intenciones. Le desabrochó los vaqueros, se abrió paso bajo sus braguitas y la acarició de un modo tan insistente y experto que le arrancó gemidos y suspiros de placer.

Pero solo era el principio. Él inclinó la cabeza, le lamió un pezón y lo empezó a succionar. Ella se aferró a sus hombros y alzó una pierna para que accediera con más facilidad a su sexo. Y ya estaba a punto de llegar al orgasmo cuando se asustó y lo detuvo.

–Nick, no podemos hacer eso… Tenemos motivos de sobra para no seguir. Empezando por el hecho de que no estoy tomando la píldora.

Los ojos azules de Nick se habían oscurecido por el deseo, y ahora tenían el color de un mar en día de tormenta.

–No te preocupes. Tengo preservativos.

–Ah…

–Te deseo, Claire. Te deseo con toda mi alma. Me has devuelto la esperanza y la alegría de vivir –dijo–. Además, no negarás que nuestra relación sexual siempre fue magnífica…

Ella habló con una voz tan ronca que casi no se reconoció.

–Veo que tienes respuestas para todo. Será el político que llevas dentro. Pero estamos a punto de complicarnos la vida.

–Ya nos la hemos complicado bastante, ¿no crees? –alegó–. Sin embargo, te lo pondré fácil. Dime que no quieres seguir. Dime que no quieres hacer el amor conmigo.

Ella gimió, incapaz de pronunciar esas palabras. Deseaba que la tocara. Deseaba que la penetrara. Quería hacer el amor toda la noche.

–Debería decirlo –replicó.

–No, no deberías. Sobre todo, porque no es lo que quieres.

–Oh, Nick…

Nick la tumbó en la cama y le separó las piernas para empezar a lamer. Pero Claire ya había tomado su decisión, y no iba a permitir que él llevara toda la iniciativa. Quería que sintiera lo mismo que le había hecho sentir, así que se incorporó lo suficiente, lo puso de espaldas y, acto seguido, le pasó la lengua por el pecho y empezó a bajar.

Él intentó resistirse. Ella se lo impidió.

–Espera, Nick. Ahora es mi turno.

Durante los minutos siguientes, Claire se dedicó a masturbarlo con las manos y con la lengua. Cuanto más placer le daba, mayor era su propia excitación. A fin de cuentas, no estaba con un hombre al que acabara de conocer; habían hecho el amor muchas veces, y conocían bien sus respectivos cuerpos.

Pero Nick no permitió que llegara hasta el final. En determinado momento, se sentó en la cama, abrió un cajón y sacó un preservativo mientras ella admiraba sus anchos hombros, su estómago perfectamente liso y su erección.

Después, esperó a que se pusiera el preservativo y abrió las piernas, pensando en todas las noches que había soñado con él a lo largo de los años.

Nick la penetró con suavidad, y los pensamientos de Claire desaparecieron al instante. Ya no había nada salvo el ritmo del amor y la tensión que poco a poco crecía en ella. Estaba con el hombre al que había amado, el hombre cuyo amor quería. Y, cuando llegó al clímax y vio que él también perdía el control, se sintió inmensamente satisfecha.

—Me has dado tanto… —susurró él tras unos segundos de silencio.

Ella le acarició el cabello, sin decir nada.

—Quiero estar contigo toda la noche —continuó Nick.

—No, eso no es posible. Me iré dentro de un rato.

—A veces, eres una mujer muy dura…

—Puede que sí. Pero, ¿lo he sido durante la última hora? –pregunto con picardía.

Él la abrazó con fuerza y contestó:

—No, no has sido dura. Has sido enormemente apasionada. Mucho más que en mis sueños más eróticos… Te admiro, ¿sabes? Sabes lo que quieres y lo tomas. Pero en la vida hay algo más. También está el compromiso.

–Los compromisos son para los políticos. Yo tengo que hacer lo que sea mejor para Cody, para mí y para mi familia. Puede que me equivocara al no decirte que me había quedado embarazada de ti, pero lo guardé en secreto precisamente porque pensé que era lo mejor para todos… Incluso para ti.

–Deja de pensar en eso. Es agua pasada –declaró–. Ahora estamos aquí, y no quiero que te vayas. Quiero que te quedes.

–Seguro que no piensas lo mismo más tarde.

Él sacudió la cabeza.

–Pensaré lo mismo. Quédate, por favor.

–No, Nick. No me puedo quedar toda la noche.

Nick supo que no la iba a convencer, así que se apartó y dejó que se levantara y empezara a recoger su ropa. Pero, antes de que se fuera, le dijo:

–Buenas noches, Claire.

Ella se giró y lo miró. Y, al verlo allí, desnudo en su enorme cama, la boca se le quedó seca. Quería volver con él, pasar con Nick el resto de la noche. Pero tenía miedo de empeorar la situación, de modo que abrió la puerta y se fue.

El jueves por la mañana Nick anunció que los iba a llevar a buscar un árbol de Navidad. El día era frío y ventoso, así que le dio a Cody su parka y sus guantes y esperó a que ella se pusiera el abrigo.

–Deberías llevar botas, Claire.

–Si lo dices por el frío, no te preocupes. Llevo calcetines de lana.

Nick los llevó a su camioneta y se dirigió a una zona relativamente aislada donde había unos cuantos cedros. Luego, eligió un árbol con ayuda de Cody y lo empezó a cortar con un hacha. El niño estaba fascinado con su padre y, a decir verdad, ella no lo estaba menos. De hecho, sacó muchas fotografías.

Entonces, empezó a nevar.

–¡Nieve! –exclamó Cody, entusiasmado.

Nick soltó una carcajada.

–Vaya, ¿hay algo que no le guste?

–En tu rancho, no. Y si encima empieza a nevar… Ten en cuenta que en Houston no nieva con mucha frecuencia –observó Claire–. ¿Sabes una cosa? Creo que este sitio le gusta incluso más que a ti.

Nick terminó de cortar el árbol, lo subió a la parte trasera de la camioneta y los llevó rápidamente a la casa, porque el viento empezaba a ser insoportable. Luego, después de cenar, bajó la caja de adornos que estaba en el ático y la llevó al salón.

–El año que viene compraremos adornos nuevos en Verity, Dallas o Houston. Pero, de momento, tendremos que contentarnos con los que se dejó mi madre… Son los mismos que ponía cuando yo era niño.

–No importa de quien sean. A Cody le gustarán de todas formas –comentó Claire–. Venga, empezad a decorar el árbol. Yo haré fotografías.

Nick sonrió y, durante los minutos siguientes, se dedicó a decorar el árbol con su hijo. Cuando terminaron, encendió las luces que habían puesto y apagó las del salón, aumentando la magia del momento.

–Yo diría que ha quedado muy bien. ¿Qué te parece a ti, Cody?

–Que es el mejor árbol de Navidad…

–¿Y qué opinas tú, Claire?

–Que es precioso.

A Claire se le encogió el corazón. La escena no podía ser más entrañable. Pero sabía que le esperaban días duros, cuando Cody se quedara con su padre y ella no pudiera compartir su felicidad.

–Bueno, es hora de que te acuestes. Se está haciendo tarde… Pero Nick vendrá con nosotros y te leerá un cuento.

Cody asintió y, por supuesto, Nick le leyó el cuento que Claire le había prometido. El niño estaba tan cansado que se durmió enseguida. Entonces, le subieron el edredón hasta el cuello y lo dejaron a solas en su dormitorio.

Al llegar al salón, él cerró la puerta y dijo:

–Ven aquí, Claire.

Ella se acercó.

–Llevo esperando toda la noche este momento.

Nick cerró los brazos a su alrededor y la besó. Claire pasó los suyos alrededor de su cuello y le devolvió el beso.

Quería hacer el amor con él. Hacerlo tantas veces que Nick ya no pudiera vivir sin ella.

Capítulo Diez

Claire estaba en mitad de un sueño erótico cuando se dio cuenta de que alguien la estaba tocando en el brazo.

Desconcertada, abrió los ojos. Era Cody.

–Despierta, mamá. Ya es de día.

–Ah, hola…

–Papá ha dicho que te levante.

Ella sonrió y lo abrazó.

–Me levantaré enseguida y hablaré con tu padre. ¿Dónde está?

–En la cocina. Me ha dicho que te podía despertar… Y que siempre se te pegan las sábanas –contestó.

Claire arqueó una ceja.

–Bajaré en seguida. Tú ve desayunando.

Cuando el niño salió del dormitorio, ella se levantó y se acordó de su sueño erótico. Pero no era exactamente un sueño, sino un recuerdo de la noche anterior, que su imaginación le había devuelto.

Habían hecho el amor, se habían duchado juntos, lo habían vuelto a hacer y, tras repetir una tercera, ella volvió a su dormitorio y se quedó dormida como un bebé.

Pero no tenía tiempo para regodearse en sus aventura nocturnas, así que se aseó rápidamente, se puso unos vaqueros y una camiseta de manga larga y bajó a la cocina. Nick, que llevaba vaqueros y camiseta de color negro, la miró con humor.

–Vaya, ya ha llegado la bella durmiente... Aunque, por tu aspecto de satisfacción, se me ocurren otras formas de describirte.

–Pues no las digas delante del niño –le advirtió ella, con una sonrisa–. Por cierto, gracias por prepararle el desayuno.

–De nada. Ya me estoy acostumbrando.

–Papá dice que si la nieve está suficientemente blanda, podemos hacer un muñeco en el jardín –intervino Cody.

–Supongo que nos acompañarás... –dijo Nick.

–Por supuesto, aunque solo sea para hacer más fotografías. Creo que he hecho más de cinco mil desde que llegamos.

Nick sonrió y la miró de arriba abajo con deseo.

–Yo no necesito hacer fotografías. Guardo mis imágenes aquí, en mi cabeza –declaró, dándose un golpecito en la frente.

–Pues será mejor que sigan donde están...

Nick soltó una carcajada y cambió de conversación.

–Si te parece bien, voy a llevar a Cody a ver a mis hombres. Están rompiendo el hielo de los estanques, para que los animales puedan beber.

–¿Quieres acompañar a tu padre, Cody?

–Sí, mamá...

–Pues, en ese caso, no tengo objeción. Pero creo que, esta vez, me quedaré aquí.

–Me lo imaginaba –dijo Nick.

Después de desayunar, hicieron el muñeco de nieve y Nick y Cody se fueron caminando. Cuando volvieron, el niño dio todo tipo de explicaciones sobre lo que habían hecho y su padre enseñó a Claire las fotografías que había hecho con el móvil.

Tras la cena, como en tantas ocasiones, Nick se puso a jugar con su hijo. Y, mientras ella los miraba, se preguntó si Nick estaba tan contento y relajado por estar en el rancho o por tener al pequeño con él.

Fuera por el motivo que fuera, lo encontraba más atractivo que nunca.

Quería enamorarse de alguien que le devolviera ese amor. Y no creía que Nick estuviera enamorado. La deseaba como ella lo deseaba a él. Pero nada más. Por otra parte, ella no estaba dispuesta a casarse con Nick y abandonar el trabajo y a la familia. Especialmente, teniendo en cuenta que su abuelo seguía en el hospital.

Justo entonces, oyó una carcajada que la sacó de sus pensamientos. Y, una vez más, se sorprendió de oír la risa de Nick con tanta frecuencia. Era obvio que era más feliz como vaquero que como político.

–¿Por qué me miras así? –preguntó él–. Estás muy seria…

–No, solo me estaba preguntando cómo se va a quedar dormido si tú lo despiertas con tus juegos cuando está a punto de irse a la cama.

–Descuida, yo me ocuparé de él.

–Eso espero…

Nick se sentó en el suelo, donde estaban jugando, y miró al pequeño.

–Ha llegado la hora del baño y del cuento –anunció–. Venga, súbete a mis hombros. Te llevaré a la habitación.

Cody rio y se encaramó a los hombros de su padre, que se puso en pie y empezó a trotar como un caballo, arrancándole más risas.

A pesar de las palabras de Nick, no esperaba que el niño se quedara dormido con tanta facilidad. Pero, cuando entró en el dormitorio, se llevó la sorpresa de que ya dormía plácidamente.

–No ha llegado ni al final del cuento –le informó Nick.

–Vaya, has hecho un gran trabajo. Muchas gracias.

–No hay de qué…

Al salir al pasillo, Nick la tomó de la mano y dijo:

–Tengo planes para nosotros.

Claire lo miró a los ojos y se estremeció, porque ardían de deseo. Él le pasó las manos por los hombros, le acarició el cuello y le soltó el pelo. Momentos después, entraron en la suite de Nick, cerraron la puerta e hicieron el amor.

Ya eran las ocho de la mañana cuando Claire abrió los ojos. Como de costumbre, había vuelto a su dormitorio en mitad de la noche y, también como de costumbre, se vistió a toda prisa y fue a la cocina, donde ya estaban Cody y Nick.

Había llegado el día de la cena familiar, y Claire se puso nerviosa ante la perspectiva. Pero luego se acordó de lo agradable que era Wyatt y de lo amables que habían sido los propios padres de Nick y se tranquilizó un poco. Además, no había duda de que estaban encantados de tener a Cody en su familia.

Llegaron a Dallas a última hora de la mañana, y se dirigieron a la mansión de Nick, donde ya estaban dos de sus empleados y el cocinero, Douglas.

Cody se sentó a jugar en el salón y Nick llevó a Claire al pasillo.

–Mis padres vendrán esta noche, y me preguntaba si podrías hablar con Cody para no sea tan formal con ellos como la primera vez. No es tan importante, pero sé que se llevarán una alegría si les llama lo que son, abuelos.

–Buena idea. Hablaré con él y después, te diré lo que ha pasado…

–Seguro que lo solucionarás –dijo, sonriendo.

Nick se inclinó entonces y le dio un beso en la boca.

–Deberíamos ser más discretos, Nick. Cody está en el salón, y ya han llegado algunos de tus empleados –le recordó.

–Si pudiera, te llevaría a mi habitación ahora mismo. Pero supongo que tendré que esperar hasta esta noche.

–Eso me temo –dijo–. En fin, voy a hablar con Cody.

Por suerte para Claire, tuvieron que preparar muchas cosas para la fiesta nocturna, y la tarde se le pasó volando. A última hora, Nick se ofreció a preparar a Cody; así que ella le dio su ropa y se fue a vestir.

Tras pensarlo mucho, eligió un vestido de manga

larga y unos zapatos a juego. A continuación, se cepillo el pelo y se lo dejó suelto. Y, por último, se puso el collar y el brazalete de oro que Nick le había regalado.

Cuando volvió al salón, Nick le lanzó una mirada de lo más halagadora.

—Estás preciosa.

—Tú tampoco estás mal.

Claire se volvió hacia su hijo y sonrió al verlo con camisa y pantalones de vestir y una chaqueta en la que se había puesto la placa de Wyatt.

—Tienes muy buen aspecto, Cody.

—Gracias, mamá…

A las seis en punto, llamaron a la puerta. Eran los padres de Nick, y llevaban un paquete que solo podía ser para una persona.

—Es un regalo para ti –dijo Evelyn tras abrazar al niño.

—¿Para mí?

—Sí, claro. Ábrelo….

El niño abrió el paquete y sacó un hipopótamo de peluche.

—Gracias, abuela… Gracias, abuelo.

—No hay de qué –dijo el juez con una sonrisa de oreja a oreja–. No sabes cuánto nos gusta que nos llames así…

Evelyn miró a Claire con afecto.

—Has conseguido que tu hijo sea increíblemente encantador y cortés. Gracias por compartirlo un poco con nosotros. Es maravilloso.

—De nada. Y gracias por el regalo que le habéis hecho. Sé que le ha gustado mucho.

Momentos después, volvieron a llamar a la puerta. Eran Jake y Madison Calhoun.

–Claire, te presento a mi hermana y a su marido –dijo Nick–. Madison, Jake… os presento a Claire y a mi hijo, Cody.

–Claire y yo ya nos conocemos. Nos vimos en aquella galería de arte de Houston –dijo Madison–. Pero, ¿qué llevas en los brazos, Cody?

–Un hipopótamo. Me lo acaban de regalar mis abuelos.

–Se refieren a mamá y papá –puntualizó Nick.

–Sí, me lo había imaginado –dijo Madison, riendo–. Mamá está encantada con él, y no me extraña. Se parece muchísimo a ti…

–Sí, ¿verdad? Ah, ya llegan Wyatt y Destiny…

Wyatt saludó a Claire con una gran sonrisa.

–Espero que te hayas divertido en el rancho de mi hermano.

–Oh, sí. Y Cody se lo ha pasado en grande.

Wyatt le acababa de presentar a la elegante y atractiva Destiny cuando apareció el hermano menor de Nick, que se puso de cuclillas delante de Cody, le estrechó la mano y se fue con él, charlando tranquilamente.

–Tony es así –explicó Nick, mirando a su desconcertada madre–. Siempre ha tenido mano con los niños y los animales… No sé por qué, la verdad. Quizá sea porque sabe ponerse a su altura. Pero los niños lo adoran.

Poco a poco, Claire empezó a conocer mejor a la familia de Nick. Descubrió que se llevaban muy bien y que se veían con frecuencia. Y también descubrió que todos estaban encantados con Cody, quien disfrutó de la atención que le dispensaban.

Al cabo de un rato, Douglas anunció que iba a servir la cena y se dirigieron al comedor. Aún estaban comiendo cuando Jake les pidió silencio porque Madison iba a pronunciar unas palabras.

–Quiero aprovechar este momento para daros una noticia, sin ánimo de quitar protagonismo a Claire y a Cody... Jake y yo estamos esperando un hijo. Teóricamente, daré a luz en julio del año que viene.

Todo el mundo gritó y aplaudió durante unos minutos, y Claire sintió un poco de envidia. Su situación no se parecía a la de Madison. Ella se había quedado embarazada sin que lo supieran los Milan. Pero sospechaba que, aunque lo hubieran sabido, no le habrían dedicado una reacción tan entusiasta.

Justo entonces, se giró hacia Nick y vio que la estaba mirando. Incluso tuvo la sensación de que pensaban lo mismo.

La velada fue muy divertida; en parte, porque los hermanos Milan se llevaban maravillosamente bien. En determinado momento, Cody se sentó en las rodillas de Peter y el gran juez le enseñó un truco de manos. Por lo visto, todo había salido a pedir de boca. Los abuelos de Cody estaban tan contentos con el niño como el niño con ellos.

Los padres de Nick se marcharon a las nueve de la noche. Antes de irse, Evelyn abrazó a Claire y dijo:

–Gracias por darnos permiso para ir a ver a Cody a Houston.

–Ha sido una invitación absolutamente sincera. Cody os adora, y estaré encantada de alojaros en mi casa. Es muy grande. Hay sitio para todos.

–Te lo agradezco mucho. Iremos muy pronto.

Cuando cerró la puerta, Claire vio que Nick la estaba observando con una expresión solemne.

–¿Ocurre algo?

–Sí, que has invitado a mis padres a tu casa.

–¿Y eso te parece mal?

–No, pero a mí no me has invitado todavía…

–Sabes perfectamente que no es lo mismo, pero te puedes quedar cuando quieras, aunque yo no esté allí. Mi abuela te recibirá con los brazos abiertos.

–Ya, pero eso tampoco es lo mismo… –dijo él, sacudiendo la cabeza–. De todas formas, gracias por haber sido tan amable con mis padres.

–No hay de qué. A fin de cuentas, son los abuelos de Cody.

El resto de los invitados se marchó alrededor de las doce. Nick y Claire los acompañaron a la puerta y, mientras los demás se alejaban, él le pasó un brazo por encima de los hombros.

–Ha sido una gran noche. Todo el mundo se ha quedado contento. Pero ahora es mi turno… Por fin puedo quedarme a solas contigo.

Nick cerró y la llevó hacia sus habitaciones.

–Cody y tú habéis estado magníficos –prosiguió–. Mis padres están asombrados con él, no esperaban que se encariñara con ellos tan deprisa… De hecho, se han llevado un disgusto cuando les he dicho que, si me voy a vivir a Austin, no verán a Cody muy a menudo.

Ella lo miró con sorpresa.

–¿Tú padre se ha llevado un disgusto?

–Por extraño que parezca, sí. No me había dado cuenta hasta esta noche, pero ha cambiado de verdad. Es más humano, más amable –dijo–. Y sospecho que Cody contribuirá a mejorar su carácter.

–De todas formas, me extraña que le disguste que te vayas a Austin cuando empiecen las sesiones del parlamento.

Nick se encogió de hombros.

–Quién sabe… Cody y tú me habéis cambiado la vida. Es posible que también se la hayáis cambiado a él.

Al llegar a la suite, él la invitó a entrar y cerró la puerta.

–Bueno, olvidémonos de mi familia, de la cena y de todo lo demás. Ahora solo estamos tú y yo. Y llevo todo el día esperando este momento.

Nick no esperó más. La tomó entre sus brazos y la besó. Y Claire se olvidó de todo. Salvo de su acompañante y de sus más que románticas atenciones.

Claire seguía despierta mucho tiempo después de que Nick se hubiera dormido. Estaba pensando en los acontecimientos de la semana y en lo que el futuro le podía deparar. Se había enamorado de Nick a pesar de todo, y la idea de separarse de él le resultaba tan deprimente que tomó la decisión de poner distancia entre ellos, porque estaba convencida de que sería mucho peor si esperaba más.

No veía otra salida. Pensaba que lo de Nick no era

más que deseo. Y, por otra parte, tenía la obligación de pensar en los intereses de Cody. No se podía permitir el lujo de que su padre y ella terminaran como la vez anterior.

Los ojos se le llenaron de lágrimas, pero se las secó e intentó controlar sus emociones. Solo habían pasado unos minutos más cuando se levantó y se puso una bata. Eran las cuatro de la madrugada y, al ver que Nick se había despertado, dijo:

—Me voy a mi habitación. Tendremos que encontrar la forma de compartir a Cody. Tu familia querrá verlo con frecuencia, y tú quieres pasar tiempo con él. Piensa algo, y ya lo discutiremos más tarde.

Nick apartó la sábana, se puso en pie y llevó las manos a sus hombros. Ella se quedó admirando su cuerpo desnudo, incapaz de refrenarse.

—Lo pensaré. No tengo ninguna prisa y, además, sé que será difícil… Es demasiado pequeño como para que venga a verme a mí sin que tú estés presente.

Ella sacudió la cabeza.

—Tenemos que encontrar una solución estable. Esto no puede seguir así. Empiezo a sentir cosas que no quiero sentir, y será mejor que mantengamos las distancias durante una temporada. En cierto modo, esto es una despedida. Te veré cuando estemos con Cody y con nuestras respectivas familias, pero nada más. Nuestras vidas son demasiado diferentes… Si seguimos así, nos haremos mucho daño.

—Lo que dices tiene sentido. Pero no quiero despedirme de ti.

—Tú y yo no tenemos futuro, y no nos podemos

acostar cada vez que nos veamos. Es… demasiado confuso –declaró–. No quiero que terminemos como la última vez.

Claire dio media vuelta y se fue a su dormitorio.

El domingo por la tarde, Nick los acompañó al avión y se despidió de ellos. Odiaba verles partir, y se sentía como si le hubieran arrancado el corazón. Estaba acostumbrado a vivir solo, pero Claire le había cambiado la vida y, por mucho que lo intentara, ya no imaginaba un futuro sin ella.

¿Sería posible que se hubiera enamorado?

Durante el trayecto a casa, pensó en sus padres y en su intención de ir a Houston a ver a Claire. Nunca habían mostrado el menor interés en ella. Y, por si eso fuera poco, también estaba la forma en que había reaccionado su padre cuando le recordó que tendría que irse a vivir a Austin. Era extraño, pero cualquiera habría dicho que había cambiado de opinión sobre su carrera política.

Mientras lo pensaba, se acordó del comentario que había hecho Claire en cierta ocasión. Quizá fuera cierto. Cabía la posibilidad de que se hubiera metido en política sin más deseo que el de satisfacer al juez.

Cuando llegó a su domicilio, encendió el móvil y comprobó las llamadas que había recibido. Después, se puso a trabajar e intentó volver a su rutina de costumbre. Pero no pudo, así que dejó el trabajo e intentó encontrar la forma de compartir a Cody con Claire. En principio, aún faltaban varios años para que se marchara a Washington. El problema era Austin, donde tendría que pasar casi todo el tiempo a partir de enero. Y, sencillamente, no se sentía capaz de estar tan lejos de Claire.

Sin embargo, se dijo que el lunes se sentiría mejor y se fue a la cama. Pero, mientras se vestía a la mañana siguiente, descubrió que no se sentía mejor en absoluto. La extrañaba demasiado. Había intentado convencerse de que se podía acostar con ella sin llegar a sentir nada más, y se había equivocado miserablemente.

Estaba enamorado de Claire Prentiss. Y debía hacer algo al respecto.

Sacó el teléfono y la llamó, pero saltó el contestador. No quería perderla de nuevo. Pero, ¿sería capaz de hacerla feliz? Y, por otra parte, ¿sería capaz de abandonar su carrera política por amor?

Además, ese no era el único de sus problemas. Aunque dejara la política y se marchara al rancho, la única forma de estar con ella era mudarse a Houston.

La situación no podía ser más endiablada. Pero tenía que haber una solución.

El lunes, Claire llamó a su despacho para decir que llegaría tarde. No se sentía con fuerzas para trabajar. Echaba terriblemente de menos a Nick. Extrañaba su compañía, sus conversaciones, sus horas de pasión. Lo amaba mucho más que la primera vez, pero todo era más difícil ahora, porque tenían un hijo.

Estaba haciendo esfuerzos por contener las lágrimas cuando el teléfono empezó a sonar. Era Nick. Había llamado más veces, y ella no había contestado. No estaba en condiciones de hablar con él.

Momentos más tarde, recibió un mensaje. Nick le informaba de que tenía un plan para compartir a Cody, y le preguntaba si podía pasar a verla el martes a las seis de la tarde, con intención de ver un rato a Cody y llevarla después a cenar.

Claire aceptó y se puso a desayunar, aprovechando que su abuela se había llevado a Cody a la peluquería y a hacer unas compras. Aún no había terminado cuando llamaron a la puerta. Era el repartidor de una floristería, que le llevaba un ramo enorme de rosas rojas, orquídeas blancas y gladiolos.

Al verlo, se llevó una buena sorpresa. Pero su sorpresa fue mayor cuando leyó la nota que lo acompañaba. Era de los padres de Nick. Le daban las gracias por haberles llevado a su nieto y le deseaban toda la dicha del mundo.

Claire empezó a pensar que se había equivocado con los Milan. ¿Qué habría pasado si, en lugar de guardar su embarazo en secreto, se lo hubiera dicho a Nick? ¿Las cosas habrían sido distintas?

La duda la acompañó durante todo el lunes y gran parte del martes, hasta que llegó el momento de vestirse para recibir al hombre al que amaba.

Cody estaba jugando en el salón, con su abuela. Y, cuando oyó el timbre de la puerta, no se preocupó. Necesitaba unos minutos más para terminar de arreglarse, pero estaba segura de que Cody y Verna mantendrían ocupado a Nick.

Por fin, se miró en el espejo del dormitorio y asintió. Había elegido un vestido azul de manga larga que, como tantas veces, combinó con el collar de diamantes y el brazalete de oro. Después, alcanzó un pequeño bolso negro y se dirigió a las escaleras, haciendo un esfuerzo por refrenar su nerviosismo.

El corazón a Nick se le aceleró en cuanto la vio. Estaba impresionante. Estaba tan bella que la habría tomado entre sus brazos y la habría cubierto de besos si Verna y Cody no hubieran estado en la misma habitación.

–Hola, Nick. Siento haber tardado, aunque estoy segura de que Cody y mi abuela te habrán entretenido…

–Nick me ha traído un regalo, ¿sabes? –dijo Verna con una sonrisa.

Claire cruzó el salón y vio que le había llevado un relicario de oro, con las iniciales de su abuela grabadas en la parte de atrás.

–Es verdaderamente bonito…. Date la vuelta y te lo pondré.

Su abuela se dio la vuelta y Claire se lo puso.

–Qué maravilla –dijo Verna–. Muchas gracias, Nick. Me encanta.

–Me alegra que te guste.

–Yo también tengo un regalo –intervino Cody, enseñándole un libro.

–¿Otro libro? Excelente. Verna te lo leerá esta noche cuando te lleve a la cama…

Estuvieron charlando alrededor de una media hora, hasta que Claire se levantó de su silla.

–Nos tenemos que ir. Nick ha reservado mesa en un restaurante.

–Pórtate bien esta noche, Cody –dijo él–. Nos veremos por la mañana.

Cody lo abrazó y Nick le dio un beso.

–Gracias por el libro…

–De nada, hijo.

Nick y Claire se despidieron de Verna y salieron de la casa. Luego, él la invitó a subir al coche y arrancó.

–Estás más bella que nunca –dijo mientras conducía–. No te lo he dicho antes, pero es lo que he pensado cuando te he visto.

Ella sonrió.

–Gracias. Tú también estás muy guapo. Sospecho que te llevarás todos los votos de las mujeres la próxima vez que te presentes a unas elecciones.

Él le devolvió la sonrisa.

–Bueno, espero que no me voten solo por eso…

Al cabo de unos minutos, Nick detuvo el coche en el vado de un hotel y, tras apagar el motor, se giró hacia ella.

–Aquí es donde me alojo. ¿Qué te parece si cenamos en mi habitación y hablamos sobre el futuro de Cody? Tenemos que hablar de cosas importantes, y puede que nos emocionemos un poco.

Ella asintió, aunque a regañadientes. Tenía la sensación de que su vida estaba a punto de cambiar otra vez.

Capítulo Once

—Está bien, Nick. Cenaremos en tu suite. Pero con la condición de que nos limitemos a hablar. Oiré tus sugerencias, las discutiremos y, luego, me iré a casa.

—Por supuesto –dijo–. He encargado la cena en el restaurante del hotel, y me han dicho que estará dentro de media hora. Te he pedido langosta. Espero haber acertado.

—Completamente.

Tras bajar del coche, Nick dejó las llaves a uno de los empleados y llevó a Claire a uno de los ascensores, porque su suite estaba en el último piso.

Al llegar, Nick se quitó la chaqueta y dijo:

—Te he hecho un regalo de Navidad. Pero quiero hablar contigo antes de que lo abras.

Ella se despojó de su abrigo y asintió.

—De acuerdo. Di lo que tengas que decir.

Nick carraspeó.

—En primer lugar, he pensado mucho en nosotros. Los días que os tuve en el rancho fueron tan especiales…

Nick se acercó y le puso las manos en la cintura. Claire frunció el ceño, porque tuvo la impresión de que estaba temblando. Y entonces, él pronunció las últimas palabras que esperaba escuchar.

–Claire, estoy enamorado de ti.

Ella cerró los ojos brevemente y suspiró.

–Yo también estoy enamorada de ti, Nick. Pero, en nuestro caso, eso no es ninguna solución. Más bien, es un compendio de nuestros problemas.

–Claire, quiero estar contigo y con Cody. Quiero vivir con vosotros.

–¿Cómo? –preguntó, confusa.

–Esa semana en el rancho ha sido la mejor de toda mi vida –afirmó–. He estado pensando en lo que tú necesitas, en lo que yo necesito y… bueno, también he pensado en lo que puedo hacer para que seas feliz.

Claire asintió, en silencio.

–Sé que tú quieres vivir en Houston –continuó Nick–. Tienes que cuidar de tus abuelos y dirigir la agencia inmobiliaria. ¿Me equivoco?

–No, no te equivocas –contestó en voz baja.

–Pues bien, te diré lo que yo quiero. Me he dado cuenta de que la política no me interesa tanto como mi rancho. Es lo que más me gusta… Pero, si tengo que mudarme a Houston y trabajar de abogado para estar con vosotros, lo haré.

Ella lo miró con desconcierto.

–¿Vas a dejar tu carrera?

–Por supuesto. Haré lo que sea necesario para estar con Cody y contigo. Pero hay otra posibilidad… Que tu familia se venga a vivir a mi rancho. Tengo dinero de sobra, y me encargaré de que tu abuelo tenga todos los cuidados médicos y todas las enfermeras que necesite. Y, si eso no te parece satisfactorio, podríamos vivir en Dallas.

Ella parpadeó.

—Nick, olvidas que…

—Calla, por favor, no me interrumpas ahora —Nick le acaricio los labios con un dedo—. Podrías dejar la sede de tu empresa en manos de otra persona y abrir una delegación en Dallas. Mi familia tiene muchos más contactos que tú y que tu abuelo, y te aseguro que no os faltarán clientes. Además, conocemos a muchos contratistas.

Claire no dijo nada.

—¿Qué tal lo estoy haciendo? —preguntó Nick.

—Bastante bien, la verdad. Has pensado en casi todo. En mis abuelos, en mi negocio, en el rancho, en tu carrera… Solo falta una cosa. Cody y yo.

—Solo quería hacerte saber que estoy dispuesto a hacer lo que sea preciso —insistió—. Precisamente, porque Cody y tú sois lo más importante de mi vida. Ya no imagino una vida sin vosotros. No quiero una vida sin vosotros.

—Oh, Nick…

—Te amo. Te amo con todo mi corazón. Daría lo que fuera por hacerte feliz.

Ella le pasó los brazos alrededor del cuello, con los ojos llenos de lágrimas.

—¿Estás hablando en serio? ¿Serías capaz de hacer todo eso?

—Si os quedáis a mi lado, sí. Haré lo que sea. No puedo perderte otra vez —afirmó—. No lo podría soportar.

—Yo tampoco quiero perderte.

—Entonces, cásate conmigo.

147

Claire sonrió, se puso de puntillas y le dio un beso en los labios. Él la abrazó con fuerza y le devolvió el beso; pero, al ver que había empezado a llorar, se preocupó.

—No llores, cariño. No llores. Es lo último que pretendía... No quiero volver a hacerte daño, Claire.

—Lo sé —dijo ella, llorando y riendo al mismo tiempo—. No sabes lo feliz que me has hecho. Y sí, claro que me casaré contigo.

—Oh, Claire...

—Sin embargo, tengo una duda. ¿Qué insinúas al decir que vas a dejar la política? ¿Que la dejarás cuando termine tu mandato actual?

Él sacudió la cabeza.

—No. Ya he dimitido.

—¿Has dimitido de tu cargo como diputado del Estado de Texas?

—Sí. Se me ocurren cosas más interesantes que hacer.

—¿Y lo has hecho por mí? ¿Solo por mí?

—Te he dicho que te amo, Claire, y no estoy hablando en broma.

—¿Se lo has contado a tu padre?

—Sí, por supuesto. Y se ha llevado una alegría, porque sabe que verá con más frecuencia a Cody —contestó—. De hecho, mi madre ha dicho que se arrepiente de no haberte conocido cuando estuvimos saliendo juntos, hace años.

—Hoy es un día de sorpresas, según veo...

—Y espero que sean buenas.

—Oh, sí, claro que lo son —dijo—. Y, en cuanto a tu

plan, me puedo mudar a Dallas y abrir una delegación de la empresa, como has sugerido. Pero, si quieres ser ranchero, viviremos en Verity. Un rancho es un buen sitio para un niño.

Nick la besó otra vez, pero con más pasión que antes. A fin de cuentas, lo dos estaban radiantes de felicidad. Se amaban, y ya no había nada que se interpusiera en su camino. Iban a tener una familia. Iban a estar juntos.

Minutos después, ella lo miró a los ojos y preguntó:

—¿Te habrías mudado a Houston para estar conmigo?

—Oh, sí, por supuesto que sí. Tu felicidad es lo más importante para mí. Bueno, tu felicidad y la de Cody.

—No me lo puedo creer. ¿Te he dicho ya que te quiero?

—Sí, pero no me canso de oírlo…

—Cody se va a poner muy contento cuando sepa que va a vivir en el rancho —dijo, soltando una risita—. Pero tendré que hablar con mis abuelos antes de tomar una decisión definitiva. No sé si querrán vivir con nosotros.

—Habla con ellos y, si es necesario, les hablaré yo también. De hecho, me estaba preguntando una cosa…

—¿Cuál?

—¿Crees que debería pedir tu mano a tu abuelo?

Ella rio.

—No creo que sea necesario, teniendo en cuenta que tenemos un niño de tres años.

—No, supongo que no —dijo él—. Pero nos hemos

olvidado de tu regalo… Está debajo del árbol de Navidad.

–No me digas que has puesto un árbol de Navidad en la habitación de un hotel…

Nick sonrió.

–No, ya estaba aquí cuando llegué.

Claire alcanzó el pequeño paquete que Nick había dejado bajo las ramas y quitó el envoltorio mientras él le daba besos en la cara y en el cuello. En su interior, había una cajita forrada de terciopelo negro; y, dentro de la cajita, un enorme anillo de diamantes.

–Oh, Nick… Es precioso.

Nick lo sacó y se lo puso en un dedo.

–Te amo, Claire. Con todo mi corazón.

–Y yo a ti.

Ella le dio un abrazó. Él la besó y, acto seguido, la llevó a la cama.

Horas más tarde, mientras se tomaban un descanso en su noche de amor, ella le acarició la mandíbula.

–¿Sabes una cosa, Nick? No he estado con ningún hombre desde que salí contigo. No ha habido nadie más en mi vida.

–Claire, no sabes cómo lamento lo que pasó. Si pudiera retirar las cosas que te dije… Si pudiera volver atrás y..

Ella le puso un dedo en los labios.

–No sigas, Nick. Ni tú ni yo podemos cambiar el pasado. Ahora estamos juntos, y eso es lo único que importa.

–Tienes razón.

–Cambiando de tema, la semana que viene es Navidad. ¿Qué planes tienes? –se interesó.

–Bueno, mis hermanos y yo pasaremos la Nochebuena en casa de mis padres. Pero estaré con vosotros el día de Navidad. Y, por la noche, iremos a cenar a casa de Wyatt… si te apetece, por supuesto.

–Puedes pasar la Nochebuena con mi familia. Sé que echarás de menos a mis padres, pero estaríamos encantados de tenerte con nosotros.

–Acepto tu ofrecimiento.

Nick le dio un beso cariñoso. Claire se levantó y empezó a recoger su ropa.

–Me temo que debo irme a casa. No puedo pasar la noche aquí.

–No te preocupes. Lo comprendo perfectamente. Sobre todo ahora, cuando por fin sé que tu casa siempre será la mía.

Claire se giró hacia Nick y le dedicó una sonrisa radiante.

Mientras Nick la llevaba a su casa, ella le puso una mano en el muslo.

–Nunca hemos hablado de la posibilidad de tener más niños. Cody ya tiene tres años, y me gustaría que tuviera hermanitos.

Nick sonrió, sin apartar la vista de la carretera.

–Me parece una idea maravillosa. Y no podría estar más de acuerdo –dijo–. Tendremos más hijos en cuanto quieras.

–No sé… Puede que deje el trabajo una temporada y me dedique exclusivamente a ti y a nuestra familia.

–Si es lo que quieres, a mí me parece bien.

Ella rio.

–Cody se va a poner de los nervios. Cuando sepa que va a vivir en un rancho, se pondrá tan contento que no dormirá en una semana.

–Entonces, puede que sea mejor que nos vayamos a Verity de inmediato –dijo Nick–. Tus abuelos podrían viajar en mi avión, y sobra decir que me encargaría de contratar una enfermera para que cuide de él.

–Se lo preguntaré, a ver qué les parece.

Nick asintió y ella lo miró con todo el afecto de su corazón.

–Te amo, Nick… No sé si llegarás a saber hasta qué punto, pero haré lo posible por demostrártelo.

Él volvió a sonreír.

–Mañana pasaré por tu casa y le daremos a Cody la noticia. Pero prepara tu cámara, porque va a ser todo un espectáculo…

Capítulo Doce

Claire empezó a caminar por el pasillo central. Llevaba un vestido blanco, de seda, de manga corta y cuello cuadrado. A su lado, caminando con ella, estaba su tío abuelo; y, al fondo, esperando, estaban Verna, su marido y la enfermera que cuidaba de él.

Pero la mirada de Claire se clavó inmediatamente en el hombre de su vida, que le pareció mas guapo que nunca con su traje negro y su corbata.

Cuando llegó a su altura, él la tomó de la mano. Luego, pronunciaron sus votos y se convirtieron en marido y mujer en presencia del pequeño Cody, en cuyo rostro brillaba una enorme sonrisa.

Terminada la breve ceremonia, Nick los llevó al vestíbulo y los abrazó con fuerza.

—Os quiero con todo mi corazón.

—Y yo. A los dos —dijo Cody.

—Esto va a salir bien, Claire. Haré lo posible para que salga bien.

—Oh, Nick. No sé quién es más feliz en este momento… si tú, yo o Cody.

—Yo tampoco lo sé. Pero será mejor que lo averigüemos más tarde, porque nos están esperando para comer —le recordó.

Su fiesta de bodas fue un acontecimiento multitudinario. La celebraron en Houston, con amigos y familiares de todo el Estado de Texas. Después de comer, Claire y Nick se pusieron a bailar. Y, al cabo de un rato, se encontraron ante lo que parecía ser una pequeña representación de la familia Milan.

—No puedo creer lo que has conseguido, Claire –dijo Tony–. Has logrado que mi hermano se vaya a vivir al rancho…

Nick sonrió y pasó un brazo alrededor de la cintura de su esposa.

—Espero que no te arrepientas –intervino Madison.

—Bueno, creo que tengo una solución en el caso de que mi querido hermano eche de menos la política –dijo Wyatt–. Dejaré de ser sheriff dentro de poco, así que si te apetece sustituirme…

Nick sacudió la cabeza.

—No, no cuentes conmigo. Espera a que Cody tenga edad suficiente. Ahora mismo, estaría encantado de llevar tu placa.

Wyatt sonrió.

—Ya sabe que puede venir a la comisaría siempre que quiera.

—Aún tenemos que llevar a Cody a un rodeo… –les recordó Tony.

—Ya lo había pensado –dijo Nick–. Aunque sospecho que, cuando vea uno, querrá ir constantemente.

Todos rompieron a reír y, tras unos segundos, Madison tomó a Claire del brazo y se la llevó lejos de los hombres.

—Me ha parecido que estarías cansada de tanta cháchara irrelevante –dijo con humor–. Pero, ya en serio, nunca había visto a Nick tan contento… ni siquiera, cuando se casó con Karen. Cody y tú sois perfectos para él.

—Eso espero, y también espero que no se arrepienta más tarde. Ha renunciado a mucho por estar con nosotros.

—No creo que exista la menor posibilidad de que se arrepienta. Crecieron con un abuelo que les enseñó a amar los ranchos. Y, por mucho dinero y poder que tengan los Milan, solo son felices cuando montan a caballo o recorren sus tierras en una camioneta –declaró Madison–. Nick no echará de menos la vida que llevaba. Se metió en política por satisfacer a mi padre; pero, gracias a ti, ha vuelto a su primer amor.

—Gracias por tus palabras, Madison. Ahora estoy más tranquila.

—Hablando de Nick, viene hacia nosotras. Y tiene aspecto de haberse cansado ya de la fiesta…

Madison soltó una carcajada y se fue.

—¿Adónde ha ido mi hermana? –preguntó Nick–. Espero no haya huido por mi culpa.

—No te preocupes. No le importa en absoluto.

—A decir verdad, me alegro. Empiezo a estar harto de tantas celebraciones… Ya he llevado a tu abuelo a casa. Irene, tu abuela y Cody están esperando para despedirse de nosotros. Se irán en una limusina –dijo–. ¿Qué te parece si ponemos fin a la velada?

—Me parece perfecto.

Ella lo tomó de la mano y lo acompañó al exterior. Su abuela, Cody y la niñera estaban esperando junto a una limusina blanca.

Tras hablar brevemente con Irene, Claire tomó en brazos a su hijo.

–Volveremos a finales de semana. Te prometo que te llamaré todas las noches… Pero, si te apetece hablar conmigo en cualquier otro momento, díselo a la abuela.

–Sí, mamá.

–Te quiero mucho, hijo mío.

Claire le dio un abrazo y se lo pasó a Nick, que también lo abrazó.

–Nos veremos la semana que viene…

Los recién casados se despidieron de Verna y se subieron a la limusina blanca. Luego, el chófer cerró la portezuela, se sentó al volante y arrancó.

Nick la besó entonces y dijo:

–Por fin eres mi esposa. He esperado tanto este momento… Te amo con toda mi alma.

–Y yo a ti, Nick.

Claire se aferró a él y lo abrazó. En ese instante, era la mujer más feliz del mundo. Y ardía en deseos de dar a Cody un hermanito y una hermanita.

Aún no podía creer que se hubiera casado con el hombre de su vida. Y pensó que, en cierto sentido, la felicidad era como el anillo de diamantes que llevaba: una fuente constante de destellos. La luz de un futuro con su familia. La luz de estar con Nick y Cody.

Deseo

Emparejada con su rival
Kat Cantrell

Elise Arundel no iba a permitir que Dax Wakefield desprestigiara el exitoso negocio con el que emparejaba almas gemelas. El poderoso magnate dudaba de ella y estaba decidido a demostrar que todo era un fraude. Por ello, Elise decidió encontrarle la pareja perfecta al guapo empresario. Sin embargo, cuando su infalible programa lo emparejó con ella, ¿qué otro remedio le quedaba a Elise sino dejarse llevar por la irrefrenable pasión que ardía entre ambos?

Se suponía que ella debía emparejarlo con otra mujer...

¡YA EN TU PUNTO DE VENTA!

Acepte 2 de nuestras mejores novelas de amor GRATIS

¡Y reciba un regalo sorpresa!

Oferta especial de tiempo limitado

Rellene el cupón y envíelo a

Harlequin Reader Service®
3010 Walden Ave.
P.O. Box 1867
Buffalo, N.Y. 14240-1867

¡Sí! Por favor, envíenme 2 novelas de amor de Harlequin (1 Bianca® y 1 Deseo®) gratis, más el regalo sorpresa. Luego remítanme 4 novelas nuevas todos los meses, las cuales recibiré mucho antes de que aparezcan en librerías, y factúrenme al bajo precio de $3,24 cada una, más $0,25 por envío e impuesto de ventas, si corresponde*. Este es el precio total, y es un ahorro de casi el 20% sobre el precio de portada. !Una oferta excelente! Entiendo que el hecho de aceptar estos libros y el regalo no me obliga en forma alguna a la compra de libros adicionales. Y también que puedo devolver cualquier envío y cancelar en cualquier momento. Aún si decido no comprar ningún otro libro de Harlequin, los 2 libros gratis y el regalo sorpresa son míos para siempre.

416 LBN DU7N

Nombre y apellido   (Por favor, letra de molde)

Dirección   Apartamento No.

Ciudad   Estado   Zona postal

Esta oferta se limita a un pedido por hogar y no está disponible para los subscriptores actuales de Deseo® y Bianca®.
*Los términos y precios quedan sujetos a cambios sin aviso previo.
Impuestos de ventas aplican en N.Y.

SPN-03   ©2003 Harlequin Enterprises Limited

Bianca

Era una aventura imposible...

Tras la reciente muerte de su esposa, Jack Connolly estaba muerto por dentro. No fue en busca de otra mujer hasta que conoció a la recatada y bella Grace Spencer, quien provocó que sus sentidos recobraran la vida. Sin embargo, Jack no podía dejarse llevar por sus sentimientos, ya que Grace pertenecía a otro hombre.

Atrapada en una falsa relación para proteger a su familia, Grace sabía que si traspasaba el límite con Jack pondría en riesgo todo lo que apreciaba. Tras el deseo que había visto en la mirada de Jack, se escondía la promesa de algo más, pero ¿merecía la pena rendirse solo para probar una parte de lo prohibido?

UNA TENTACIÓN NO DESEADA
ANNE MATHER

¡YA EN TU PUNTO DE VENTA!

Deseo

DEREK

Infierno y paraíso

BARBARA DUNLOP

Los planes de reforma que Candice Hammond había hecho para el restaurante eran perfectos, o eso parecía, hasta que apareció el guapísimo millonario Derek Reeves. Discutían por todo y Candice estaba utilizando toda su habilidad negociadora para evitar que su proyecto de decoración acabara convertido en humo.

Derek Reeves sabía qué hacer para vencer siempre; no debía perder nunca la concentración, ni dejar que nada lo distrajera. Pero la estrategia empezó a resultarle muy difícil de cumplir cuando se quedó a solas con Candice. Fue entonces cuando ambos se vieron obligados a poner todas sus cartas… y toda su ropa sobre la mesa.

Era sexy, atrevido… y solo jugaba para ganar

¡YA EN TU PUNTO DE VENTA!